花间闲话

吴冠南 著

山西出版传媒集团
北岳文艺出版社
·太原·

图书在版编目（CIP）数据

花间闲话 / 吴冠南著 . —— 太原：北岳文艺出版社，2019.1
（格致文库）
ISBN 978-7-5378-5736-9

Ⅰ.①花… Ⅱ.①吴… Ⅲ.①散文集—中国—当代 Ⅳ.①I267

中国版本图书馆 CIP 数据核字（2018）第 252774 号

书　　名：花间闲话
著　　者：吴冠南
责任编辑：关志英
书籍设计：鸿儒文轩·书心瞬意

出版发行：山西出版传媒集团·北岳文艺出版社
地　　址：山西省太原市并州南路 57 号
邮　　编：030012
电　　话：0351-5628696（发行部）
　　　　　0351-5628688（总编室）
网　　址：http://www.bywy.com
E - mail：bywycbs@163.com
经 销 商：新华书店
印刷装订：北京中华儿女印刷厂

开　　本：787mm×1092mm　　1/32
字　　数：192 千字
印　　张：11.125
版　　次：2019 年 3 月第 2 版
印　　次：2019 年 3 月北京第 1 次印刷
书　　号：ISBN 978-7-5378-5736-9
定　　价：68.00 元

目录

001 《庚寅纪事》采访录

006 坐得住
　　——吴冠南访谈

015 笔精花世界 墨妙草天国
　　——吴冠南访谈

046 大家访谈
　　——吴冠南研究

064 关于中国画一些问题的问答

072 关于黄宾虹的对话

090 闲抛闲掷野藤中
　　——略谈徐渭的绘画

096 关于八大山人绘画的几个问题

102	伟大的黄宾虹
109	东坡先生的情商
112	林散之写的一张纸条
114	中国画理法的航标
	——纪念吕凤子先生《中国画法研究》
	发表五十周年发言稿
117	不朽艺术，一品风格
	——怀念花鸟画大师陈大羽先生
121	不随俗流　独领新风
	——记吴冠中先生二三事
126	婉约瑰丽　出古入今
	——赵跃鹏花鸟画浅析

131	北鱼的画
133	知则成　成则通　通则久
	——说说怀一的绘画
140	倦翁诗稿
150	魂兮归来
	——现代中国画衰败之思考
157	关于中国画图式的探讨
165	无愧于时代的贡献
	——论20世纪五六十年代中国现代山水画创作成果及其他
173	浅说禅与画
176	走走回头路

179	提炼与夸张
182	也说师法
185	时代·艺术
189	可解·不可解·不必解
192	线条的质量
196	也谈"玄"与"妙"
199	创作与创新的"自圆其说"
203	关于大写意的"大、写、意"
206	梅兰竹菊与永字八法
209	中国画的写意与笔墨
212	聊谈"气息"

216	绘画的两种教学法比较
219	关于大写意花鸟画的教学理念、方法和进程
226	卖画·买画
229	小评"六法"
231	书法琐谈
235	杂论十八记
247	杂谈八则
254	蕉荫杂说
272	笑
276	一味霸悍
280	绘画论

302	书法论
308	略谈构图
311	关于用笔、用墨、用色
317	关于落款、盖章
320	书画家研究
329	"六法"批评二则
331	谈中国画创新
336	杂论

《庚寅纪事》采访录

采访：《庚寅纪事》记者
答：吴冠南

问1. 您擅长书法、绘画，尤精写意花鸟画，立足本土传统文化艺术的拓展与创新，可否就多年的创作及学术研究的经验，试分析您最大的感触是什么？

答：书法是中国画艺术的基础，古人就强调"书画同源"，说明书法与绘画出自同一个源头。所以对书法锤炼的重要性甚至超过了绘画本身。作为中国画家，若忽略了这一点，便无从谈绘画本质的优劣。我于绘画的感触是：一花一世界，一叶一菩提。在路子、方法正确的前提下，辛勤耕耘，一分汗水，一分收获。而任何位高权重或大言诓世，都与绘画本身无关。

问2. 庚寅一年所发生的和您所经历的哪些艺术事件对您有较大的触动和意义？请选取两三件分析，并谈谈您对这些事的看法。

答：庚寅年是我的本命年，六十年一轮回。所以比起其他当代画家来，我可能多出一份对于生命的感叹。六十年于人生不算短，于自然却只是眨眼之间。我十二岁自学中国花鸟画，如今整整五十年了。六十年生命，五十年绘画！叹生命之短暂，愧艺术之艰难！因此更清楚地认识到时间的宝贵而不敢有丝毫懈怠。于生命和艺术外，其实无论什么事能令一个六十岁的人有所触动，已经是很难的了。

问3. 在您几十年的生命历程中，不乏令您动容、感动的瞬间，请您同我们一道分享那些不平凡的片段和难忘的经历。

答：一生中知音最可珍贵，尤其是我未名时的知音。我最早的知音是林散之、陈大羽、程十发先生，这三位先贤在未见我人、仅见我画的情况下就给予我作品较高的评价，并各题词赋诗给予我的作品肯定与支持，令我得益匪浅、信心倍增。今天三位老人均已先后谢世，我时时刻刻会怀念他们。当然还有许多同时代的知音，同样我也会一生十分珍视和感谢他们。

问4. 请您从一个艺术家的角度谈谈，在当下应该怎么来对待一件艺术作品？应该怎么来评价一个艺术家？

答：作为当代的一个艺术家，我觉得保持个人品格，不为名利所左右，在纷繁的经济大潮中保持清醒的认识，明白画价并不代表水平，鼓噪并不代表美术史！

问5. 时至今日我国经济硬实力和文化软实力双向迅速发展的时期，您是怎么看待中国的绘画艺术与西方绘画的差异，两者最大差异在哪里？

答：中国绘画用心来体察与表达作品的文化精神与视觉意义；西方艺术用眼来解决绘画的文化与视觉问题。前者含蓄而深远；后者直观而肤浅。心思的范围可以比天大，眼观的范围不及百米，高低自不必解释了。

问6. 请您谈谈目前中国艺术的大环境以及对艺术品收藏市场情况的看法。

答：当下的艺术品收藏没法谈，总之国家富裕了，收藏艺术品是件大好事，但我指的是收藏真正的艺术品！不是所有的画都可以叫艺术品。切望三思而后藏！

问7. 谈谈您作品艺术市场的情况。
答：我作品的市场不好也不坏。一、我不乱抬画价。二、我总劝收藏我作品的藏家"适可而止"，不要求数量多。假设用一千万来收藏我的画，我会劝他不如用一千万去收藏五个画家的画，这样既丰富了自己的藏品，又减少了"亏本"的概率，呵呵。

问8. 您平时的艺术生活与创作的情况是什么样的？
答：我平时思考多于实践，作画时间无规律性。譬如几点到几点作画，几点到几点读书……我作画的随机性比较强。心动了，才去画；心不动，画也无益。

问9. 老师新一年有什么计划和愿望吗？
答：在新的一年中，我一如既往地"无规律，随机性"对待生活与工作。愿望么，身体健康，平安快乐。如有精神，又有时间，可以把我出版过的《画余杂稿》再修订一遍，再充实一点内容，出版一本以文字为主的艺术文集。

问 10. 可否聊一下您最想说的话题？

答：最想说的话是：如果是一个真正的艺术家，请多多思考我们这一生为中国美术史究竟做了些什么！

2010 年

坐得住
——吴冠南访谈

受访人：吴冠南
采访人：青莲
地点：老藤花馆
采访时间：2015 年 1 月 17 日

青莲：《禅画》是一套汇通中国禅学与中国画艺术的系列读本，倡导和推出自在洒脱、不假造作、不为形束、不受法拘、通脱绝尘直抒生命本体的人文艺术。自唐代六祖禅成为中国式禅宗弘扬后，禅宗思想就大量融入中国画之中。如王维，他以清新淡远、自然脱俗的风格，参禅画禅，融禅于诗画之中，创造出一种诗中有禅，画中亦有禅的禅意画风。王维可称为禅画之先驱。如写第一篇山水画论的宗炳，亲近佛教皈依慧远，并有专著《明佛论》。宋以降，梁楷、牧谿、玉涧、石恪、倪瓒、八大、石涛、担当、虚谷等一大批禅者画家，在他们的绘画之中将禅画不二的法门展现得淋漓尽致。吴老师，不知您对禅与绘画之关系有何见解？你画里面的追求和禅有直接关系吗？

吴冠南：没有关系，但是我知道我的脾气、我的个性和我理解的那种审美，跟禅离得很远，我只能做一点，就是真实地表达自己。画画前总是想着要怎么样，但是真正到画的时候一定要自自然然尽管放开。在放松的心态下，无求反而好，有要求反而每次都画不好了。

青莲：真实地表达自己，这不是很具禅意吗？

吴冠南：也算带有一点禅意，当然如果严格来讲"禅"意的问题，我并未好好研究过。大都是凭感觉。

青莲：众生平等这是大概念。像中国的禅，六祖之后，比如一些佛教公案都很奇特，甚至有些无厘头。

吴冠南：作画可以奇特，但是不可以有情绪，我的画是有情绪的。

青莲：你的画首先是特别清新，奇构迭出，笔墨也酣畅淋漓。这些和祖师禅都是很接近的。

吴冠南：我觉得我画里面还是有憎恨情绪，看不惯这世上的好多事情，以后还是应该学着看得惯，什么事情只要存在就有理由，没有必要看不惯。我还没有修炼到那个份上。有情绪终归是不好的，禅是没有情绪的。

青莲：董其昌修的念佛禅就偏于清静。

吴冠南：董其昌是应该没有情绪的。树木没有情绪，石头没有情绪，大自然没有情绪，人也应该尽可能地修炼到没有情绪。

青莲：您本人对禅感兴趣吗？也会去寺庙里烧香拜佛吗？

吴冠南：我到庙里从来不磕头，朝佛看看，我不跪下去的，拜佛在心，并不在乎形式。

青莲：中国古代的禅院，当时修禅，禅院里不供佛，没有大殿，全寺就供达摩像、六祖像或者供他们的师父，平日里就是做务参禅。

吴冠南：喜欢佛教的都知道达摩面壁十年。为什么面壁呀？为什么不好好待在庙里面，他为什么要面对着墙壁？我们就要想一想。我说我不参禅，我要参禅我就对着大树。

青莲：是！心里首先要把佛、把自己都放下，你心里有个佛，你就想成佛，还不是平常心。

吴冠南：所以说对着石壁，对着大树，对着石头，都比待在庙里参禅要好得多！另外，石头和树没有分别心，谁来看我，我都这样子给你看，人却做不到。就像这个杯子，谁来用它都一样！

青莲：达摩刚到中国时，梁武帝礼请达摩问法。当时梁武帝热心护持佛教，广建寺院佛像，修路建桥造福百姓。梁武帝问达摩像他这样不断地行善造福百姓，会有什么功德？达摩答："了无功德。"梁武帝问如何是圣谛第一义？达摩答："廓然无圣。"梁武帝又问你面对的是谁？达摩答："不识。"梁武帝理解不了，心里很不高兴。最后不欢而散。

吴冠南：达摩是懂心和自然的问题。看你怎么对应，怎么理解。

青莲：平常心是"道"。

吴冠南：像我这样就好，一切顺其自然，不要去争。如：

蒋介石喝白开水，毛泽东的衣服补了又补，他们其实都通禅的。我自己不通禅，也不会去跟禅比。跟当代出了名的画家比，我这还算坐得住，这也有点通禅。我从来不到处挣钱，到处追名逐利，我这个比别人做得好。甘于寂寞，守得住寂寞也通禅。

青莲：这个就是禅。

吴冠南：树、石头就守得住寂寞，阅尽人间荣辱，它都守得住寂寞，无动于衷。

青莲：佛教讲戒、定、慧。戒，我们不可能像佛教徒那样去戒，但是要定得住，就可以养慧。

吴冠南：我正在往这方面靠，戒我正在做，定还好，嗯！因祸得福呀！因为我腿不好，就相对坐得住一点，要腿好，讲不定……所以说有时候坏事也会变好事。一切都是定数，一切存在都是合理的，有人打你一下，你也不要生气，这是前世欠他的，人要做到这一点，真的很难。打我也笑，骂我也笑，不跟你计较，这才是高人。这才像树，像石头。

青莲：现在国内美术界一窝蜂似的涌向写意，很多不画写意的画家也给自己的作品冠以大写意之名，您是一直坚守大写意创作的，对这种现象怎么看？

吴冠南：大写意，所谓的大写意，三个字都是各有内容的。什么叫大呢？画得大，不叫大写意；用笔粗大，也不叫大写意；心志大才叫大写意。写呢？就是书法用笔，必须每一笔都是写出来的。是把汉字变成了另一种形式的表达，这才叫大写意的写。意呢？就更深刻一点了，就像我们讲的禅一样，很难用语言来讲得清楚，意就是内心世界，你的学问、你的品格、你的其他一切因素，作为一个人的真实因素。对世界、对人生的认识，包括对生命、对宇宙的认识，综合反映到你的作品上来的那一种深度。你含有多少那种成分，你的那种意就会有多深，你理解不了，你画的作品就没有那个意，三个字中少了任何一字，就不叫大写意。

青莲：唐以后写意画就兴起了。

吴冠南：开始有写意画以后呢，单从技法上来讲比工笔画要难一点，它那个"度"很难把握。工笔画只要慢慢磨就是了。写意画不是慢慢磨的问题，一是理解，理解准了才能下笔准一点。在思想上、认识上难度都要高。学成以后才会形成大的气候。其难度的理解和把握把工笔画就盖过去了。但是真正以写入画的也很少。吴昌硕有才气，少禅意。就是大红大绿，就是画英姿勃发。齐白石的作品接近平民化，平民化倒是有点接近禅意的，齐白石要比吴昌硕高一点，他们的切入点不一样，是吧？这跟每个人的生活经历、门第出身都有关系。

青莲：中国从梁楷就放笔直写，这种写意精神西方在文艺复兴时才开始，中国画走到现在只有写意画离本心是最近的。请问近几百年来，八大、青藤、吴昌硕、齐白石等这几位中国画大师，为什么都是在画大写意呢？

吴冠南：时代变了，人的观念也会跟着变，一代代在接近市民化，尤其是到海上画派，它更接近市民化（市民和平民是有区别的），因为他们把自己的作品当成商品进入市场，除了之前扬州八怪把自己的作品当商品流向市场外，一般文人画家都是不愿意的。中国画一路走过来，情绪都在变，变到我们现在都一塌糊涂了，欲望几乎取代了一切。古人不是这样的，古人在画上落款落得很小很小，几乎找不到，对名利很淡薄。

青莲：是，宋人画题款是不容易找。以前我在我编的杂志上专门登过一篇宋代绘画题款研究的文章。尤其是藏在石头缝、树缝里，或骑边的，不用放大镜仔细去找，根本找不到。

吴冠南：我就是说，他们的功利心相对我们要少许多，时代不一样，一代人跟一代人也不一样，心态在走下坡路，画当然也在走下坡路。

其实呀，你让我谈这些问题，谈不谈也无所谓。知之自知之。对于不知者或根本不想知道者来讲，我们讲的通通是"废话"。人心不古，技法不古。在数典忘祖反倒是英雄的年代，不说也罢。

吴冠南　舞夏风　33cm×33cm　水墨纸本　2010年

笔精花世界　墨妙草天国
——吴冠南访谈

我曾听一位诗人朋友讲起吴冠南先生送给他一些画后说道："我的画，对朋友就是一张纸，对老板就是人民币。"这一句余音绕梁的话，让我对吴先生的豁达仗义之人格记忆犹深。我想，吴先生也是个真诗人。

王国维在《人间词话》中将诗人分为主观之诗人和客观之诗人，并说："客观之诗人不可不多阅世，阅世愈深则材料愈丰富愈变化，《水浒传》《红楼梦》之作者是也。主观之诗人不必多阅世，阅世愈浅则性情愈真，李后主是也。"我猜想吴冠南先生应该属于主观之诗人类的"主观之画家"吧。吴冠南生于宜兴，长于宜兴，少时家贫，家传甚少。他在中国画今天取得的成就打破了大家以为"行千里路，读万卷书"才能成为优秀艺术家的千古定律。中国绘画史上不乏像沈周一生的脚步也没走出过苏州、八大山人一生也没走出江西等之类的大画家。吴先生的绘画不仅仅冠于江南，他的成就早已"冠中"，就是"冠世"也为期不远了。

——编者

《藏画导刊》编辑（以下简称编）：我看您的作品酣畅淋漓，有一种沉着痛快之感，让我想到明代画家徐渭的作品，他对您有过影响吗？您是怎么看他的？

吴冠南（以下简称吴）：南宋的梁楷、法常是星宿。该他们"出场"的时候，他们好像漫不经心就开创了以貌取神、直抒胸臆的文人写意画的不朽经典之作。星宿做事不讲为什么，就像天生的"三山五岳"不能问为什么一样。文人写意画也不能问为什么，许多东西只可意会，不可言传。知则知，不知则不知。梁楷、法常作品的出现，顿使中国画坛新风一拂，气象另开。自此中国文人写意画就以一个全新的面目，引领中国画进入一个崭新的历史转折期。元明间凡作文人写意画的人，鲜有不受他们影响而成就业绩的。只要看一看徐青藤的写意人物画，马上就可以从他的画中看到梁楷、法常作品的影子，就连用笔也很相似。明代以后，凡是文人写意画的画家，也鲜有不受徐青藤绘画影响的。在创作状态、笔墨技法上或多或少总会从他的作品中受到影响，甚至得到处世态度上的一些启发。

我从来没有正经临摹过徐青藤的画。如果说也受到他影响的话，恐怕只是在他的情绪和状态上。我不是故意这么做的，因为年幼学画的时候，家庭条件奇差，学习资料很少。不要说有关徐青藤的画册资料，就连徐青藤是谁都不知道。说句实在话，当年即使有他的画册，也会因年幼无知，完全靠自学的我一定也不会看得懂他的画，看不懂当然就不会去学他的作品风格了。一直到"文化大革命"结束以后，相关徐青藤作品的资料才渐渐多了起来。到那时我才见到了比较多的他的画册资料。他作品中那种放浪形骸的、无羁的、痛快淋漓的状态令我怦然心动。所以我一见倾心，一直都爱读他的作品。读多了就印在脑子里了，自然也就会潜移默化受到他的影响。不过这种影响只是在创作状态上，不是具体体现在笔墨上。

我作画至今已五十二年了，习惯早已成了自然。大半辈子的历练，让我有了自己固定的审美习惯和创作习惯。在我看来，徐青藤作品里所表现出来的那种放荡不羁的自由状态，做得还不够极致。我内心所追求的放荡不羁，有点近乎混沌和无序。但在这种混沌和无序中又必须存在物理规律。现在这还只是一种向往和追求。真要达到这种大自在、大化境程度，不知还要花多少心血上去才会做到。况且其中还要有一个才情和修养的问题。也许花了心力也未必会有所收获。

囿于时代的原因吧,徐青藤的生活经历和学识,最终注定他作品表现出来那种跌宕起伏、愤世嫉俗的结果。处于他当时那个社会,徐青藤的处世方式和创作追求,已经是属于十分离经叛道了。但是站在21世纪的今天来看他作品,不难发现他那个时代与我们这个时代,在审美上的不同要求和落差。徐青藤时代的审美崇尚孤傲出世。我们这个时代的画家们很实惠,总是想在"入世"或"出世"的交叉点上做两头讨巧的事情。实际上当代社会客观上已经完全缺失了"出世"的氛围和条件,我们还企图去想什么不切实际的"出世"这桩事情呢?"存在决定意识"这是马克思主义一条颠扑不破的真理。

所以我从来不去想什么"出世"。现实生活告诉我,如今只有"入世",也只能"入世"。我想干脆"入世"到一片混沌,再于一片混沌和无序中实现"无有、无不有;无在、无不在;无识、无不识,无我、无不我"。明代的谢榛讲:"诗有可解,不可解,不必解。"作画更是如此。通常讲的"个中三昧",道理与此相似。"昧"就在混沌中游荡,看你抓住抓不住。俗话讲水至清则无鱼。清澈了就不混沌了,不混沌就没"昧"了,没"昧"了也就没有返璞归真了。所以在这种可解、不可解、不必解的混沌之昧中,自得"入世"之乐,倒是我真心渴望的。这种"混沌"必须涉及绘画的边界和规律问题,两难!总之不可以"混沌"到不成其画的荒谬程度。传说祝枝山独爱狂写草书,有时候投入到连自己也不认识自己写的字。这是一个可以让我们受到启发的笑话。

编:您对中国画的图式构成问题很重视,为什么这么看重这个图式问题?

吴:是的,图式就像建筑物一样,例如故宫是故宫,白宫是白宫。这种建筑的外部形式结构,就像我们作品构图的总体形式结构一样。具有这种可命名性形式结构画家的作品,中国历史上仅只出现过三种。一种是宋代马远的"马一角";另一种是晚清吴昌硕作品中的"大纵大横";再一种是现代潘天寿的"造险破险"。纵观整个中国画历史,的确也只有他们三位的作品,可分别冠以构图(图式)上贴切的学术名称。除此以外,所有中国历史上画家的作品,再也没有可以做到这一点的了。

这一个关于中国画构图(图式)总体形式结构必须具有可以冠名性问题的研究与提出,我是第一个人。以前当然也有人提出有关图式的问题,但大都含糊其辞,说不明白就里。我没有发现可以讲清楚图式之所以叫图式的学术性论文,更没有发现有人首先列举出在中国画历史上具有可命名性图式的作品和理论性的阐释文章。中国画中所讲究的"笔精墨妙"仅仅只是一个关乎技巧的问题，而笔墨技巧与画面上的整体形式结构无关。倒是构图与画面的形式结构有着密切的因果关系。关于这一个问题，历代并没有哪个画家主动地把构图向形式结构推进。马远、吴昌硕是属于潜意识发挥，因为他们并没有形成自己的主观理念，也没有总结出具有开创性的、关于自己绘画整体形式结构的理论依据和文献。所谓"马一角"的叫法，也都是后来的好事者们为马远总结出来而相传至今的。至于吴昌硕作品中"大纵大横"的画面形式结构，是我自说自话为他安上去的。直到现代潘天寿先生的出现，他在关于画面形式结构建立的见地就与马远、吴昌硕不一样了。他首先从理论上建立起关于画面"造险破险"的理论依据，再从实践中一步一步实现自己关于"造险破险"形式结构最终的结果。从学术主动性、理论性、实践性上来对他"造险破险"的创作成果做出评价的时候，平心而论在图式创造的观念性、主动性、明确性以及理论与实践相结合上，毫无疑问他比前两位画家前进了一大步。当然这也代表了现代中国画创作图式向时代前进了一大步。

编：您在对中国画的研究中，似乎要消解山水画和花鸟画的边界，应该怎样消解？

吴：关于打破山水、花鸟画的界线问题，我要说句公道话。不能贪天之功为己有。在20世纪的五六十年代，潘天寿、郭味蕖两位老先生早就动手开始做"山水花鸟相结合"的探索工作了。后来由于"十年动乱"，两位老先生先后离世。"花鸟山水相结合"这个探索、实践活动也就一直被搁置了下来了。他们两位老先生的一些相关作品，我们至今仍然是可以看到的，如潘天寿先生的《小龙湫下一角》、郭味蕖先生的《大好春光》都是当时大力宣传和提倡的"花鸟山水相结合"的代表之作。

不知道什么原因，这一项实践活动随着两位老先生的逝去，似乎已经被人们彻底遗忘了一样。几十年了，从此再也无人提起过。20世纪的90年代，我一时心血来潮，就想沿着这条道再走一走试试看，是否还能够继续接着走下去。古人讲"山水取景，花鸟取情"。想想也是，当山水画与花鸟画一旦结合在一起，岂不是情也有了，景也有了。真正的情景交融！这样一结合，作品中气势有了，情调也有了，的确是个值得一试的诱人课题。

事实上，这个问题说说很容易，想想也很美好。但真要动手做起来就难上加难。第一个出现的矛盾就是，山水画都是中远景，花鸟画则都是特写景。例如：在山水画里，一歪竖，二斜横，再打上七八个点，三下两下就可以成就一棵远处的松树。花鸟画就不行了，全是拉到面前的特写景。就连花蕊、叶脉也不可以轻易地忽略掉。所以潘天寿先生很机智，他舍山水之全貌，取高山之一截，再缀以花竹、藤蔓。他"花鸟山水画相结合"的代表作《小龙湫下一角》就成功了。郭味蕖先生相对实诚，他在画面上先画一近处山石，石上缀杜鹃花一丛，远处再画一抹远山。他"花鸟山水相结合"的代表作《大好春光》也成功了。遥想当年，这两幅作品可算是出足风头了啊！那时真让我羡慕、崇拜得五体投地。

如今这种方法让这两位老先生捷足先登了。后来者就不好办了。我怎么下手画？需要用心认真思考。步他们后尘吧，不甘心！另辟蹊径吧，谈何容易！但凡做任何事情，总得先为自己找到一个借口或者理由。没有理由不就是瞎折腾吗？许多年了，试呀试的很辛苦不说，还很考验人的心力和耐力。一路"熬"过来很不好受，同时又很快乐，真正的苦中作乐。在无数遍的尝试中，现在我总算找到了一个自以为不错的理由，那就是，把山水画拆零，把花鸟画也拆零，再把两种零件混装，这有点像和稀泥。如此一来，其结果是：初看，非山非水非花鸟。再看，是山是水是花鸟。呵呵，还是回到了前面想象

"一片混沌"中的效果。"混沌"好啊！不就正好可以在"一片混沌"中乘"机"浑水摸鱼了吗？理由找到了，干吧！干也难得很。这两年忙，总也不能全身心地投入进去试出点名堂来。不过我终究还是要花心力去试的，权当它下象棋，用心破个"残局"玩玩也蛮好。

编：画好花鸟画需要有非常强的造型能力，一个画家如何才能训练好这个造型能力？

吴：花鸟画的传统叫法就叫"写生花鸟画"。什么意思？就是说作品中的每一花、每一叶、每一鸟、每一虫全部要从自然写生中得来，不可杜撰臆造。连花鸟虫鱼所搭配的季节一点也不可以弄错。所以写生稿必须具备创作时参考、选用的粉本。什么叫粉本？粉本就是现实物象的写真范本。百花怎么长？草本？木本？花叶几缺？对生呀还是互生？分别是什么月份开花、结果。百鸟分别长什么样？如黑羽黄喙黄爪是八哥、黑羽黑喙黑爪是乌鸦。林林总总都要记得滚瓜烂熟。这样才会在创作的时候不用多加思索，凡是所需要描绘的物象造型就会从笔底自然流出。这个问题以前我也不十分太懂。有一次林散之先生为我画的册页题"吴冠南写生花卉册"，我讲"册页所作并非全是从写生中来的"。林老说："无论是写生还是创作，一律都应该称作写生花卉"。当时我对林老的话还不十分理解。如今算是弄明白了。花鸟取情，情从何来？从自然中来。唐代的张璪说："外师造化，中得心源。"意思就是作画要师法自然，但最后还是要经过自己心领神会以后，把握住客观与主观碰撞出来的那一束灵光。臆造不出个情字来，臆造只会是自作多情。自作多情很肉麻。

花鸟画从写生到创作这件事情，晚清的任伯年无疑是绝代高手。徐悲鸿称他是"五百年来第一人"。我见过他画的一张公鸡。公鸡在奔跑并在奔跑中拐弯的写生稿。这张写生稿堪称从古至今中国花鸟画写生作品的代表作。画公鸡奔跑不难。画公鸡奔跑中忽然拐弯那一瞬间的动态很难。他画出公鸡在急速运动中拐弯，欲倒非倒，侧身转向的绝妙形态，看了以后的确令人无比钦佩，自叹弗如。我们可以再多看看任伯年画的燕子。他笔下的燕子一只只从斜风细雨中掠过。关键是掠过而不是飞过。掠是轻脱高速，像子弹一样弹射出去的形态和速度。燕子如果只会飞过去，就不能叫"身轻如燕"了。飞鸟中真能"掠"过去的，只有燕子有这个本事。所谓"浮光掠影"，掠是什么概念？怎样才能画出"掠"意来？任伯年知道。

可见写生并不仅仅是从自然中搬个物象空壳回来。而是重在形与神的同步撷取。所以古人写生重在"目测心记"。因为第一眼见到的才是"神",看久了,反而因不敏感而变得麻木了。"泪眼问花花无语,落红飞过秋千去。"作画需要抓住的就是这第一时间的内心感动。所谓"惊鸿一瞥"之所以只能一瞥不能二瞥,就是因为只有这种瞬间的一瞥,才会产生真实生动的美感。相反如果一直对着对象,仔仔细细反复地看,看到后来感觉就迟钝了。此时我们所见到的就仅仅只是对象的外部形象了。外形即使再美也只不过是个躯壳。外部形象所蕴含的内在精神叫"态"。形、态结合,才是画家最最需要记录和把握的实质性东西。这种现象有点像男女恋爱中"三秒钟决定"式的一见钟情。如果不是一见钟情,如果缺乏那份瞬间的心动,画出来的作品就会很勉强、很苍白,缺乏感染力。"形神兼备"只会在感动中产生。

在这件事情上我自视做得还算不错。自从走上画画这条路,至今我画写生,特别注重画第一眼的最初印象。我画白描和双勾设色(如今叫工笔)一直坚持用毛笔直接勾勒。从不用起稿子描摹、拷贝什么的。如果想当一个不错的花鸟画家,这一项基本功训练是绕不过去的。

编:您认为"笔精墨妙"才是中国画,那您对石涛的"笔墨当随时代"这个问题是怎样理解的?

吴：作中国画讲"笔精墨妙"，是画家起码要具备的手工技术活。如果连这一点技术活都没有掌握，那么"好画"也就无从谈起。西方绘画不存在这个需要讲究到骨头眼里的环节。所以西画也做不到仅仅只以一个点或者一根线就可以成之艺术。

我始终坚持认为，中国画必须要以"笔精墨妙"为作画的根本。不信试试看，给你一筐烂菜帮子，看你能烧出一桌满汉全席来不。那么"笔精墨妙"又从何修炼起呢？当然从中国文化、中国书法、自身人品学识的修为中去炼。如今的画家大多不练字，或练也不深入，这是一个不可思议的笑话。更大的笑话是无端地把书法家、文学家都与画家分了家。我建议回头多看看历史，历史上哪一个大书法家不是大画家、大文学家？哪一个大画家不是大书法家、大文学家？王维、苏东坡等等太多了。如今连把"书画同源"论也当作"屁"放了。还谈什么"笔精墨妙"？不如改成"笔金墨描"更贴切。

中国画"笔精墨妙"这一基本要求，发展到黄宾虹时代，并由他总结出来"五笔七墨"的理论以后，他就将这一个要求推到了中国画笔墨技法运用的顶峰。大凡世间事"行成于思毁于随"。石涛那一句"经典台词"的真正用意究竟是指从哪一个角度去随？我们不得而知。所以对"随"字真实内容的理解，我们只能见仁见智，各得其所了。

清初画家石涛讲的"笔墨当随时代"，几百年来已经成为中国画创新的经典台词。事实上一旦时代变了，人的观念必然也跟着时代在变。笔墨自然而然也就不得不变了。关于这个问题，要看我们从哪一个角度去理解。如果单纯从笔墨技法层面上去理解，石涛这句台词的确十分经典。如果我们从绘画的精神实质上去理解，石涛这句话也就算不上是"经典台词"了。

中国画是什么？是中国文化总体精神的迹化物。属于意识形态范畴。无论在哪个时代，意识形态总是应该领先于时代，起到引领潮流作用的。"随"不就等于是迎合吗？迎合不就等于舍弃自我主张吗？什么事情都不能迎合，一迎合就要出丧失自我的原则性大问题。就拿当下来说，大众的审美需求是什么？"文革"时期崇尚"红光亮、高大全"。改革开放至今，崇尚奢侈品、垃圾文化、快餐文化。真正的艺术家你还随不随？不过还是有人会随。为什么？忽悠老板，愚弄大众。以简单粗俗的劳动骗点银子花花。当然了，这些人也就类同于走街串巷的游医药贩，算不上是艺术家。

编：古代画史上由"宋人丘壑"转到"元人笔墨"之后，画家大多醉心于笔墨。清方薰批评道："凡作画者，多究心笔法，而于章法位置往往忽之。"大量的笔墨问题的论述，淹没了关于空间问题的探讨和研究。您是怎样看空间问题的？

吴："空间感"是一个舶来词。其内容主要是讲在焦点透视情况下，物与物之间在画面上的空间关系。中国画不讲也不用焦点透视，不需要用"聚焦"的方法来作画。中国画讲究的是散点透视。物象因作画需要，可以随心而聚，随心而散。焦点透视只能画目之所及的东西，散点透视则可以画目力所及和目力所不及，无限远大丰富的东西。为什么呀？因为中国文化的本质就是注重人本精神在作品中的主动作用。绘画只是中国文化的一种精神载体。而聚焦透视就等于给自己套上了一个约束思维自由的枷锁。这样一来什么随机性呀，意外性呀，自由度呀，心言表达呀，通通就受到了约束，无一丝自我发挥的余地可言了。

那么中国画需不需要作品中的空间感呢？当然十分需要。不过在我们这里不叫空间感，我们叫作空白，叫作虚实，叫作开合。这个不得了呀！中国画讲空白、虚实、开合的真实含义，几乎就等同于讲自然与生命的规律。千百年来，中国人认识和总结自然与生命规律的最高意义就是一黑一白，一虚一实。相传伏羲画阴阳八卦，以最简单的黑白图案，含蓄地向世人阐释了自然与生命的规律。我们的祖宗实在太厉害了。我国民间从古代就传下来一句"神话"叫"天上一天，地上一年"。西方那个全身瘫痪、只有脑子不瘫痪的伟大科学家霍金先生，以科学研究发现：当我们乘坐在接近光速的飞行器里在太空飞行一天时，恰就正好是地球上的一年时光。那么我们的祖先怎么会知道得如此准确？还有中国上古的那本奇书《黄帝内经》通通都是讲自然与生命规律这方面的问题。《黄帝内经》的内容包罗万象，其中叙述的东西有阴阳、五行、干支、天象、气脉以及中国传统文化中"心物一源"、互通互变的辩证关系等等。初读如同读天书，但只要一旦读到哪怕是只解皮毛的程度，我们对自然和生命的认识就会多了些许理解，无形中会对中国画创作带来不少有益的帮助。

我们如何才能处理好一幅作品？如果不力求明白一点这些道理，我们的创作实践肯定会游离于中国画的本质之外。原因是中国画不光是画技术，主要还是要画认识、画修为、画品格、画思想。我这么一说，有人要问：古代书画大家难道都是学《黄帝内经》的专家？当然不是的。但是他们从小就熟读了四书五经，在四书五经中就包含了许多类似对自然与生命认识的道理和规律。所以他们对这一门学科绝对不是一无所知。例如司马迁，大家千万别以为他就只写了部《史记》，他还有八篇大文章名叫《八书》。这里面的内容就包括了天文、地理、经济、哲学，包罗万象什么都谈到了。又比如司马光写的那部《资治通鉴》，里面也涉及了文化、哲学、政治、经济……

20世纪60年代初，匡亚明先生在南京大学当校长的时候，就卓有远见地提出："在我们的大学里，文、史、哲不要分家，要串联起来一起学。"并且还提倡大家要学一点"唯心论"。匡亚明的见地、学识，作为南京大学校长，的确当之无愧！

清代的那个方薰，针对当时的画坛风气，他批评得很准确。但依我们现在的眼光看，觉得还是略欠了一点深入。因为"章法位置"在中国画的创作中，还只是属于一个绘画上的技术性问题。如果他想批评和纠正时风，光谈技术问题毕竟是谈"小道"。只有谈"大道"才会使人们对作画的全面认识从根本上起到变化。那么"大道"是什么？我认为大道就是深入认识和理解自然与生命的本质和规律。理解"天人合一"的辩证关系。我们不能就画论画。佛家讲"一花一世界，一叶一菩提"，一朵花之中就有了一个世界，何况是一幅画呢。我这么一说，有人可能要怀疑我讲得太玄了，其实一点也不玄。老子在他的《道德经》中讲"玄之又玄，众妙之门"。这个"玄"是什么意思啊？这个"玄"是门大哲学，需要我们去多多思考。大家可以不相信我，但不可以不相信老子。

编：就绘画本身而言，您觉得当代花鸟画存在哪些问题？当代花鸟画在诗意境界上的缺失，您认为是什么原因造成的？

吴：自从我国美院教学推行基础教育全部套用西法那一天起，实际上就是中国传统绘画走向灭亡的开始。这不是危言耸听。我们不能无视西画有西画的规律，中国画有中国画的规律这个事实。怎么可以把两种分属不同文化背景的绘画，简单理解成：反正都是画，就往一处揉呢？好在近些年又有人提出："梳理文脉，回归传统"的口号，这才稍许令人有所宽慰。这个提法的背景是什么？就正是因为当代中国画，不单单是花鸟画，问题就出在了对传统文化艺术无知、漠视的原因上。中国画之所以会存在这些严重的问题，其原因有很多。主要有以下几点：一、尊重传统文化氛围的缺失；二、以素描为一切造型艺术的基础，改良中国画；三、"五四"新文化运动以来和"文化大革命"对传统文化的无知、漠视、破坏和丢弃。譬如讲现在我们仍旧来崇尚魏晋风度，但在21世纪现实生活的今天，我们还能企图当一回"竹林七贤"不？现实情况是，即使有这个文化底子，也没有了这个环境和氛围，即使有这个环境和氛围，也没有了这个文化底子。

从素描作为一切造型艺术的基础以后，就相当于扔给了我们一堆骨头，而不给任何糖醋佐料，却偏要我们给烧出一份糖醋排骨来。试问能烧得出来不？不但我们烧不出，就是请个神仙来也烧不出。

问题的严重性就在于，对传统文化无知就无知吧，却还要漠视、诋毁、丢弃。就连"笔墨等于零"这样的胡话还会有人拥护叫好。什么原因？因为这句话实际上正好成了对传统文化"凡是我不会的，就都是不好的"，那些无知者们的形象代言。情况已经严重到这种程度，我们还企图奢谈什么诗意呢?！另外还有一些问题诸如对书法用笔、临摹继承传统、读书修身等要求的放弃等许多因素，都是造成目前中国画存在严重问题又积重难返的根本原因。今天我在这里吧唧吧唧说，其实我很清楚，没几个人会把我讲的"谬论"当回事。大家要知道啊，西画画唯物，因此西画家离开了所画物体就不会作画，连光线一变也会使他们束手无策。中国画画唯心，中国画家作画反而要做到"物我两忘"才算进入了创作状态。两者对作画的要求风马牛不相及，是完全对立的。无奈的是，世上无论什么事情，就怕形成风气。一旦形成了风气，尤其是不良的风气，要想改变，就难上加难了。

编：写意是中国美学之灵魂。中国的绘画的本质也是写意。写意也是您的作品的主要特征之一,您理解的写意精神是怎样一种概念?

吴:"写意画"最初并不叫写意画。而是约定俗成叫作"粗笔画"。工笔画也不叫工笔画,叫作"细笔画"。根据相关史料查证,最早讲出写意画这个名称的是宋代的韩拙。他说"用笔有简易而意全者?"清初的大画家恽寿平表示不理解,他说:"宋人谓能到古人不用心处,两语最微,而又最能误人,不知如何用心,方到古人不用心处,不知何用意,乃为写意。"从以上这两个人的讲话来看,宋代的韩拙倒似乎很明白"写意画"的内质。反倒是晚他几百年的恽寿平却对"写意画"的"不用心"论显得有点迷惑不解。今天我讲写意画是:极用心处不用心,不用心处极用心。实在可叹啊!恽南田老夫子一辈子作画"谨小慎微",他理解不了文人写意画放浪夸张外表后面所追求的精神实质,我想一点也不奇怪。这叫用心不同,行为有别。

讲到这里,倒使我想起前几年的一件事。有一个画工笔画的画家来我家小坐,看见我画室墙壁上挂着一张吴昌硕的画。他正色问我道:"老吴呀,吴昌硕的画有什么好呀?"他这个人倒也直爽,有话就讲,不加掩饰。我说:"你真看不出吴昌硕画的好来吗?"他说:"真看不出来。"我说:"你真看不出来，我对你可也真讲不出来啊！"呵呵。连恽南田都对文人"写意画"的真正内质迷惑不解，一般画家不能理解文人写意画，是一点也不奇怪的。

关于写意画、工笔画的理解和创作方法，我总结了两点：一、工笔画要当写意画来画，以求其生动，去其呆板、制作。二、写意画要当工笔画来画，以求其周到充实，避其空乏粗疏。吴昌硕先生讲的"奔放处离不开法度，细微处照顾到气派"就是这个道理。

中国写意画家的最早出现，依我看来就是南宋的梁楷与法常。后来出现具有代表性的写意画大家，则有陈白阳、徐青藤、八大山人等。再到后来就多了，"扬州八怪""海上画派"等等。到那个阶段中国文人写意画创作，似乎就到了一个最为热闹、兴旺的时光。不过热闹归热闹，文人写意画创作的总体水平却至今还没有能够赶得上青藤、八大。这是什么原因？什么原因都有，一言难尽。

编：您的用纯色彩表现形象，一反国画传统以墨为主的画法，得到学术界的肯定，当初是怎样想到这样来创新的？

吴：传统中国画创作崇尚黑白水墨。崇尚到唯"水墨为上"的程度。这句话最早是唐代的王维讲出来的。崇尚水墨本来也没有什么错，但完全没有必要因为崇尚了水墨，就非得要排斥色彩的作用。这有点像婴儿只会一只手抓东西一样，给他两个东西他就马上会丢掉其中的一个。

其实在我看来，王维、包括后来力挺"水墨为上"的董其昌们，还是没有能够从本质上真正弄懂绘画中的体积与内质，也就是精神与表象的黑白关系。因为所有画中形象，不管是黑白的还是彩色的，它的表达原则就是一个黑白体积关系。我平时作水墨画就当色彩画来画，我作色彩画就当水墨画来画。这其中的原理，很像我们现在拍的彩色照片胶卷，既可以洗出彩色照片来也可以洗出黑白照片来。虽然表面的色彩变了，但体积实质没有变。如此一经反转交叉来对待创作，其结果是无论黑白、彩色的作品效果，就完全掌控在自己的手中了。严格地讲，如果作水墨画只会看到黑白两色的话，那么就连水墨画怕也画不好。黄宾虹先生把黑墨分到了七色，这说明墨也是有颜色的。这个颜色用西方色彩术语讲就叫"调和色"。当年林散之先生对我讲"写书法也要讲颜色的"。想一想明白了，枯湿浓淡不就是颜色吗？所以我认为，这才是运用水墨和色彩比较合理的、正确的辩证方法。可惜这个方法在当代很多人已经弄不懂，也不想弄懂了。我想王维、董其昌因为时代的局限，也是不会太懂。这并不是我狂妄，这是客观事实。

许多年了,我一向对"水墨为上"论不以为然。世上哪里有绝对的事物?我就偏要尝试用纯色彩画写意花卉。首先声明:纯色彩作画不是我的独创。宋代徐熙、徐崇嗣祖孙的没骨重彩工笔花卉画,算得上是真正的重彩画鼻祖。我只是把没骨重彩工笔花卉,变成了没骨重彩写意花卉而已。

王维讲了一句"水墨为上"的话,吓得历代画坛各路英雄,一个也不敢越雷池半步,倒是词人李清照懂颜色,她讲:"知否知否?应是绿肥红瘦"。呵呵!

钱松先生曾经讲过:"人品俗,即使全用水墨作画也俗;人品雅,即使全用色彩作画也雅。"墨色本无辜,何须怨墨色?讲到底作画品格的雅与俗,归根到底还是人品的问题。

中国画用全色彩作画与西画用色不同,西画虽然也用全色彩作画,但材料不同,理念不同,方法不同,效果当然也不同。无论中国重彩画还是西方的油画,在理论上恰巧都与南齐谢赫讲的"随类赋彩"论暗合。不同的是,西方油画是将色彩堆砌在画布上,还要符合焦点透视和应对光的作用,机械死板。我用纯色彩作画任情挥洒,七彩在水和宣纸的作用下,晕化流动,五色斑斓,流光溢彩,富丽堂皇。至于我重彩作品的水准最终达到什么程度?方法成不成立?这些事情就留给后人去评说吧!

编：西方绘画以科学为基础，中国绘画以"道"为核心，"道"是中国画的生命，您是怎样理解这个"道"的？

吴：首先我忍不住要咬牙切齿地讲一句狠话："科学与客观是艺术的死敌！"中国画家务必要明白，西画画的是科学。中国画画的是哲学。"道不同不相为谋"啊！这是绝对犹如不同血型不可相输一样，不能混淆的民族文化原则！所以大家千万不要跟着瞎起哄。可悲的是自鸦片战争以后中国画就开始了它的噩运，国门被洋人用炮火轰开，西方文化艺术思潮纷乱涌入，使得国人在各个领域都表现出了一种前所未有的民族自卑感，觉得西方什么都行，国人什么都不行。第一个跳出来对中国画责难的是康有为，胡说什么要"改良中国画"。他不懂中国画，又偏以"大佬"自居，指手画脚。他以为什么事情都可以像"康梁变法"那样来个改良。他以为中国文化也可以像西方工业革命那样来革一下命。中国传统文化艺术，就在这些外行大人物们的无知伤害下被践踏得至今死去活来。更可鄙、可恨、可笑的是解放初期，居然还有人狂吠取消中国画、还要取消汉字。恨不得像日本人一样把自己当成欧洲人。这种数典忘祖，自己挖自己祖坟的言行，我讲讲都毛发倒竖，背心发凉！可悲可叹！

你讲中国画以"道"为核心是对的。严格地讲不仅仅是中国画,整个中国文化都是以"道"为核心的。大家都知道《易经》。《易经》主要讲了三大部分:"理、象、数"。这就是所谓"道"的核心。理是哲学;象是宇宙、自然和生命的规律;数是数理学。所谓数理学即是数学哲理的科学。

中国画是中国传统文化这棵大树上生出的一支会开花的枝丫。这支枝丫一旦锯离这棵大树,还会有开花结果的可能吗?所以我们应当明白,一切行为都必须要顺应和遵循民族文化规律这个"道"。道正才能生理,理正才能生行,行正才会生成正果。中国中医学就认为"百病起于邪风"。所以邪风不可长。

编:以您的经验和视角,站在今天的角度,我们今天应该怎么看中国画的未来和发展?

吴:中国画未来的发展?这是一个大问题。因为中国画的发展势必要牵涉到许多方面,譬如体制问题,氛围问题;继承传统问题;读书修为问题;书法练习问题;笔精墨妙问题;美术教学问题;中国画已经转基因的问题;包括工具材料的问题等等。"工欲善其事必先利其器",如今连最起码工具材料的质量都已今非昔比,所以现在与今后不知多长一个时期,中国画

吴冠南　春风大雅　33cm×33cm　水墨纸本　2010年

的发展无法回避太多太多存在的实际困难。中国画要发展，必须首先要解决上面讲的各种难题才会逐渐产生可能性。否则只会永远停留在我们的理想中。

编：中国书法的美在动不在静，表达了一种动态的美，中国的绘画似乎在静不在动，表达了一种静态的美，您是怎样看待中国书画的"动与静"的？

吴：中国书法、绘画中的动与静像"五行"，相生相克不可分割。有动有静，才能动静相生。一幅所谓好的作品，总归要有点动静才好。时而动如脱兔，时而静如处子，这样才会产生画面上的律动和节奏。有了律动和节奏才会显现出生机来。绝对的动和静其实是不存在的。即使是静如"老僧补衲"，总算是静到极致了吧？可别忘了此时老僧的手还在动呢，手不动这衲就补不起来了。再打个比方：如果京剧唱腔从头到尾只以一个频率，一种声调唱到完，还叫京剧吗？叫小和尚念经。京剧唱腔天生要时而激越、时而悠扬才能生情、生味。

大家都认为弘一法师的字写得静穆安详，我建议不妨再仔细去看看。其实他书法的每一笔都是行有动势，又每一个字是结体安详。具备了这般绝技的人，才是一个书法高手。我以前看林散之先生写字，他在运腕用笔时也是时缓时急、时轻时重、时枯时湿、时疏时密，信手所至，天趣横生。中国书画的奇妙处，就是在这种动静相生的相互作用和对比中产生的。

编：现在大家谈黄宾虹的山水画很多，您是怎样看他的花鸟画的？

吴：近几年兴起的"黄宾虹热"的确是一件可堪庆幸的大好事。黄宾虹先生的作品从遭世人冷落到被世人热捧，经历了半个多世纪。说明大多数人已经不仅仅是单纯认识了黄宾虹先生的书画艺术，从另一个角度我们可以看出，现在已经有越来越多的人对中国画的本质，有了更加深刻的理解。尽管我还不能肯定，所有在为黄宾虹作品讲好话的人，就一定真的读懂了黄宾虹的画，至少不反对总归是好事。反而是黄宾虹的画一热，马上就有人拍马屁讲"黄宾虹的画比齐白石的画好"。这些人真懂画吗？

黄宾虹一生对中国画创作做出了许多开创性的努力。他提出作画的"绝似绝不似"、"由生到熟易，由熟返生难"等理论，以及他总结出来的"五笔七墨"等作画技法，都是对传统中国画创作具有划时代意义的伟大贡献。黄宾虹先生的山水画作品，就是他卓越论点的具体表现。他的山水画作品，的确经历了如他所说的"生、熟、生"一个漫长而艰辛的蜕变过程。

他说了,也做到了。他言行一致,终成大器。

关于他画的花鸟画,有一点可以肯定,在历代所有山水画家中,他的花鸟画画得最好。古今绝无出其右者。但是依我的眼光看,若把他的花鸟画与他自己的山水画相比较,他的花鸟画还是缺少了"生、熟、生"这样一个蜕变的过程。

山水画和花鸟画毕竟分属两个不同的科目,各自都有自身的规律和要求。别的不说,黄宾虹先生的花鸟画几乎大部分都是折枝。这个就是问题所在。中国画不单单是笔墨好。例如我们在看美女的时候,见女人皮肤白,就会讲"一白遮三丑"这句民间俗语。绘画做不到,一幅作品笔墨虽然好,绝对达不到"遮三丑"的效果。当然黄宾虹的花鸟画也不至于到"丑"的程度,只是缺少了"生、熟、生"这样一个蜕变的过程。讲句笑话,《西游记》里的孙悟空为什么能刀枪不入?就是多亏了他在太上老君的炼丹炉里炼了七七四十九天。这是我个人的浅见,我也就这么一说,不恭不妥之处还请大家海涵。

编:中国画近现代画家的"齐黄潘傅"(齐白石、黄宾虹、潘天寿、傅抱石)。学画初期,都临习过《芥子园画传》,我看您初期也学过画传,今天怎么看《芥子园画传》?

吴:《芥子园画传》的出现,填补了传统中国画没有教材这个空白。我国在美术学院出现之前，学习中国画的途径，一是师父带徒弟；二是自学。自学缺乏教材怎么办？多看前人真迹。大多数人没有看真迹的条件，那就到裱画店里去看，看了以后默记在心里，回到家里去背临。据说傅抱石先生当年学画，就是这样艰辛起步的。《芥子园画传》出现以后，学画的人就有了一个比较规范全面的基础学习范本。

《芥子园画传》将人物、山水、花鸟的造型与方法，分别由简到繁，由浅入深，从一石一水，一枝一叶开始，示以合理步骤。譬如花鸟画这一卷，以梅、兰、竹、菊开篇。为什么呀？因为这四种花卉的生长特征，基本上就涵盖了木本、草本花木的生长特点和结构规律。时至今日《芥子园画传》作为学习中国画的入门教材，依然没有可以替代它的其他范本。如今虽然各种画册多如牛毛，但缺少如《芥子园画传》同样质量的传统绘画的基础教材。所以我在教学生的时候，仍旧要求他们从临摹《芥子园画传》和结合写生及临摹书法碑帖入手。我认为这一套方法至今还是学习传统中国画最好的入门方法。

编：画品即人品，我曾听一位朋友说，在您送给他一些赠画后说过这样一句让我听后记忆犹深，也令我肃然起敬的一句话，您说，自己的作品对朋友就是一张纸，对商人就是人民币。可见您的为人。

吴：我的老院长亚明先生曾经对买他画的商人讲过一句不是笑话的笑话："银子是你的命，画是我的命。你要我的命，我也要你的命。"哈哈，直接、痛快、实在。却又不乏道理。

作品一旦作为商品进入市场流通交易，自然就免不了要讨价还价。但是无论哪一个画家一辈子所有的画，不可能张张都非得要去换成银子不可。人生在世总有人情面情，礼尚往来。在中国古代就有一句老话，叫作："秀才送礼三尺纸。"三尺纸是什么？不是书法就是画吧。关于送画，传说齐白石最吝啬，他的画自称绝不送人。我看其实也未必，他给毛泽东、蒋介石的画以及胡佩衡父子、吴祖光和新凤霞夫妇手中大量他的画，我就不相信白石老人张张都是收了银子的。

我们活在这个世界上，不论在从事着什么职业，人品当然很重要。但我也不敢说偶尔送张画给朋友就等于人品有多么好了。齐白石老先生不大肯送画给别人，也不能说齐白石老人的人品就不好了。知道莲花是怎么和佛扯上关系的吗？那是因为人的心脏天生八瓣，绝似莲花。当我们多生欢喜心，慈悲心，无私无欲的时候，即会心瓣开放，心平气和，有益身心健康。一旦心生嫉妒、纠结、贪欲、杂念、邪念、恶念时，心瓣会紧闭不开。此时心锁气滞，先受其害的是自己的身心。所以佛祖依莲花而喻本心，并以此来告诫世人，众生要心如莲花，纯而洁、净无尘、寿而康。总之，人活在这个世上大家都不容易，多一点点敬畏之心、感恩之心、宽容之心，这个世界就和谐了，我们的人生也就健康快乐了。

大家访谈
——吴冠南研究

一、研究主题： 散淡野逸吴冠南

二、研究主线： 在中国画的创作中，认识是极其重要的，特别是对笔墨认识的高度决定了一个艺术家创作水准的高低。吴冠南站在一个对中国传统绘画认识的观念高度，在对生活的感悟中，深化文化体验，并在新的文化语境下，注重对审美当代性的解读，在强化时代气息及现代构成的现代感的基础上，不断完善绘画语言的探索，增加绘画的体验空间与信息含量的拓展，沿着中国文化精神的向度上丰富自己个性化的审美经验，并在艺术创造的层面上，树立当代中国花鸟画的一种艺术经典。

三、研究采访提纲

问：在您的绘画中，对认识的强调是突出的，对中国画的认识其实是一种艺术观念，您是如何通过这种认识的观念来整合笔墨、造型、色彩及构成等各要素间的关系的？

答：对中国画的认识要撇开技法层面。就像认识人要撇开表面一样。而对中国画认识的关键是对生命、自然以及文化的认识和积累。而后以这种积累再去印证和体悟艺术。技法层面对艺术而言相对浅显，在此我就不谈了。

问：在中国社会都市化进程与文化消费快餐化的大背景下，您是如何处理文化的当代体验及审美的当代性与守望中国文化精神这种关系的？

答：当一个艺术家对生命、自然、文化、艺术有了相当多的积累以后，其艺术观念也会随之形成。在这样的艺术家面前很少会受外界的干扰而改变自己的文化艺术主张。但时代对每个人的影响是潜移默化的，生存环境的存在决定着每个人的思想意识。当代公民不可能重复与体现古代公民的思想意识与行为。因此，时代对人的影响乃至对一切的影响每个人都不可能拒绝。所以艺术作品体现出当代人文情怀是必然的。我历来对艺术体现时代性的问题比较重视，但一切转变又都会在"传统"这个主脉上来进行。当然在社会都市化及其他时代进程中必将会导致一些没有积累，没有定力的人浮躁、急进，随之也会制造出一些背离中国文化精神的"文化垃圾"。这不足为怪，垃圾就是垃圾，它不会变黄金。

问：有论者认为，您的画得力于八大、昌硕，而妙在逆向取法，不蹈形迹。师八大而以馨香出之，宗昌硕而以野逸出之，恬淡而饶生意，崇本而饶清新，创长锋细线勾勒，于近时花鸟画是别立门户，乃至影响了一些中青辈，您怎样看？

答：20世纪"85美术新潮"也曾对我产生过影响。那时之前我学八大、青藤，主要还是学吴昌硕，已经二十多年了，尤其是学吴昌硕学得相似至极。此时自己已经在心里产生了恐慌。因为学得太相似，没有自己的特点，如若得不到学术界认可，这辈子就完了。其实在20世纪的1983年我在南京开过个展后，就思量着要逐步脱离吴昌硕的艺术框架，但是太难太难了，就像孙悟空头上的"紧箍咒"，套上难，脱下更难。

这个时候"85美术新潮"来了，我就急乎乎地开始"另找生路"。那时就尝试画了一种细线勾勒、填彩的画法。面目倒是完全独立了，但是因这种画法的诸多局限性，最终我还是放弃了。这只能算作是我作品自学吴昌硕等先贤大师们以后的第一次"放飞"。算作是一个过程的开端吧。

问：您如何评价八大山人？他在哪些方面影响了您？

答：八大山人对我的影响不算太多太大。因为我并未花多少精力去研究他。但我一直是把八大山人与徐青藤联系在一起来参照取经的。这两位空前绝后的中国花鸟画大师把"冷""狂"两种情绪在作品中体现得淋漓尽致。仅在情绪发挥这一点上，没有一个艺术家能做到这一点。真正打动我的还是吴昌硕的作品，所以学习书画首先就要学能打动自己心灵的先贤作品。如若见好就学，那么我当初如果学八大，也许今天就没了我。钱松岩讲："万里长征，头一步要踏对了。"此言千真万确。八大、青藤虽好，但不一定适合每个人学！缺少他们那种特殊的人生阅历，最好别学他们的作品。

问：您如何评价吴昌硕？您受到了他哪些方面的影响？

答：我十二岁学书法、学花鸟画。先学《芥子园画谱》，几年后想临摹先贤大师的画。在众多的历代大师作品中（印刷品），最能打动我的是吴昌硕的作品。当时我面对他的作品时感到异常的亲切，心潮难平。因此我就从吴昌硕作品入手进入临摹期。当时第一张临摹吴昌硕作品（印刷品）是从画报上剪下来的。我至今仍珍藏在身边。

吴昌硕作品的特点技法上是更加强调了以书法入画，加重用色量等。而关键是作品的"入世"态度与文人清高情怀的最佳契合及其作品的图式语言的明确性。这一点我认为是其他古今艺术家无法相比的。

问：陈传习说："恽南田开毘陵派，吾每叹其画太文。清末花鸟画，吴昌硕开后海派，吾每哀其画太野。今宜兴吴君冠南出文野合为一流。古法传灯，吾无忧也。"对这种评价您是如何看待的？在近现代美术史上，使您受益最大的是谁？

答：呵呵，这是陈传习先生的一家之见。他说我"合文、野为一流"其实恽南田与吴昌硕都做到了。花鸟画显然不能以表面技法来做出判断的。恽南田文静工丽，吴昌硕放纵热烈，都不能单单以一个"文"字或"野"字来论定。而更值得关注和研究的是他们对待生命、生活、艺术内核的态度。在近代美术史上对我影响最大的艺术家是吴昌硕、齐白石、黄宾虹。使我受益最大的仍然是吴昌硕。

问：林散之曾评价您："用笔能重，如高山堕石，此书法中之上乘。"您怎样看待书法对您绘画的影响？

答：我的作品比我本人先见到林散之先生。他见到我的作品时，为我作品题了许多文字。这是其中的一部分。林老判断中国画的观点仍然是传统讲究的书法用笔。我只认为我的作品在技法基本上做到了这一点。当然作为当时三十一岁的我来讲，这种鼓励与肯定无疑是值得我骄傲和庆幸的。

我学书法比学画早两年，认识到书法对绘画的直接作用，那是后来的事了。父亲叮嘱我们兄妹要写好汉字，所以小时候的想法很简单，只是想把字写好一点，不意误打误撞，倒也撞对了。现在的认识当然今非昔比了。我认为写不好字，就别画中国画。我的绘画之所以会略有成就，在技法上完全是书法的功劳。

问：那么有人说大师都是强个性的，譬如齐白石和徐渭，学他就像喝毒酒，会把自己毒死，您又如何看待这种观点？艺术上的传承与出新应该如何去把握？

答：每位大师的作品都有极强的个人符号，但不是毒酒。就看你怎么样研究，怎么样学。单学表面功夫怕学上十辈子也学不了。如从他们的内心深处和人生轨迹上着手多做研究，可能就会真正学到东西。另外，学某家也并不是说学像个外壳，就算学到家了，弄清楚这些问题，正确研究和学习古代大师的艺术。如此的话每位大师的作品都是无上佳酿，反之则是毒酒。

艺术上的创新应该如何把握？用心体验生命，用心体验自然，用心体验生活，用心对待一切！给艺术以真心！不造作，不虚假，不依傍，不找借口，用你真心的感受去作画。如果做不到这一点，不如趁早改行。

问：如何真正将一种文化所包含的基本人生态度与基本精神情操转化成为一种笔墨语言的修炼，并通过这种语言的个性化来主动把握绘画对文化的促进和造就，这既是中国画发展的核心问题，也是所有画家进一步提高品位的难题，在这方面您是如何做的？

答：当你的确具备了一定厚度的人生阅历与文化理解力以后，你自然在自己的心中产生一种表达的欲望与冲动。当这一表达欲望与你几十年对中国画笔墨等一系列技术的掌握紧密结合时，你的表达欲望自然而然会在素笺上得以尽情挥洒。这时语言的个性就产生为迹化反映。而绘画形式上的出新虽然可以在大自然中悟得许多变化的玄机，但内心语言仍然是起主导作用的。

问：李可染先生说："对于传统要以最大的功夫打进去，以最大的勇气打出来。"传统是一个过程，您是如何看待这种出与入的？

答：李可染先生这句话与钱松岩先生讲的"借传统这条渡船过河，过了河就要把这渡船扔掉"的说法异曲同工。

继承传统之难超出一般人的想象。继承尚且难，摆脱出来说更难了。好不容易依傍着别人能走路了，却又要把这"拐棍"扔掉了自己走。这是一种令人尴尬的，哭笑不得的过程。花许多岁月对某一家的学习与把握，必然会形成一种认识与行为上的依赖，而脱开这种依赖在心理上、行为上一时就会显得无所适从。这在一生中是个极其关键的时段，必须横下心来闯！而最佳的办法就是凭借原有对艺术理解的积累，再从大自然中汲取养料以期整合出一条适合表达自我语言意识的路子来，哪怕最初是幼稚的。

问：书画大家齐白石、黄宾虹等都是从传统学习开始，有了坚实的传统基础后，再师法造化，创造出具有个人独特风格的作品的。您是否认为这才是中国画创新的正途？请您谈谈关于中国画的创新与传承。

答：不仅是齐白石、黄宾虹，能被历史肯定的艺术家基本上都是遵循了中国画发展的轨迹，别无他路。中国画发展受外来画种的干扰，是从郎世宁这个"游医药贩"式的西洋文化传教士开始的。他用西画照相机式的功能,蒙蔽和动摇了国民自上而下对中国传统习惯的信赖。而"逼肖"是最可以打动无知的。鸦片战争以后,国民对西洋一切现象的崇拜心上涨和对本民族各个方面自信心的怀疑成反比发展。随着大量艺术学子的出国"深造",西洋艺术对本民族传统画的伤害就成了不可避免的定局。世界上从事任何事情都是先入为主。当这些华夏热血青年在对西方艺术充满神秘和向往的冲动下跑到了西方,膜拜在西方艺术的"神坛"之下。他们原始接受的艺术教学与积累,就毫无疑问使他们成为西洋艺术学习、推崇、说教的信徒。而这一切在他们一生中将无法改变。他们一生注定与中国艺术为"敌",一生中注定一直从事伤害中国本民族绘画的事情,却还振振有词。这是观念的问题,无法与他们争论。他们最初艺术思想的形成注定了他们只能这么做下去。他们是错的,但是他们自己不知道。就像音盲唱歌,当你告诉他们唱得不准时,他们就会歪着头与你争论。其实这不能怪他们。因为他们的确听不出自己发音不准确。

我谈了这么多,主要是强调,中国画创新与发展应当遵循本民族文化形态这条主脉,而不必借鉴、挂靠西方艺术。西方艺术发展到印象派、现代派的时候,才勉强与东方原始艺术有些关联。

问：传统花鸟画如何创造出新的形式，如何在加强它的视觉效果的同时又不失去审美内蕴，使它更具有时代气息和现代感，是当代花鸟画亟须解决的问题，您在创作中是如何解决这些问题的？

答：这还是前面已经讲过的问题。清初石涛讲"对花作画将人意"，意思很明白了。画花是借其形态，画"人意"才是目的。而这个"人意"就是你文化积累与时代感受的碰撞所结合的一个点。把握好这个点的发挥，就有可能成为当代花鸟画比较准确的形式与语言的表达。

问：您用笔之老到凶狠，章法开合之大度等，可谓不让古今，您在这一点上有什么深入的体会？

答：一是对技术的把握，二是个性的真实发挥。还是一个"真"字，真功夫，真性情，不装就行。而且这也只是风格中的一种，并非都得这么画才行。因人而异，自由发挥吧。

问：作品的境界更多的是看作品背后的东西，这与人的素养、品格和对人生的态度是相关联的，您是如何看待在提升中国花鸟画境界过程中"养"的作用的？

答：古人讲"人品即画品"。因此修养、积累不能单一看作是读书与阅历等。做人，磨炼人的品格更为重要。如果品格低下，再你学富五车、才高八斗也难以成就一种事业。当然学问、阅历也在滋养和修正着人的品格。品格在作品中的自然流露是装不出来的。因此作品的品格就是你作者自身品格的迹化现象。这是一个简单而又复杂的问题。大都是靠自己修炼和体悟才能摘得真谛。

问：您以宏观的视角透视自然、以统摄的方式把握笔下的世界，不能不说是拉开了您自己与传统、与当代诸家的距离，成就了您的艺术境界，您是如何做到的？

答：虚心学习，注重积累，真心做人，以心作画。也许我还没有做到最好，但我还在继续努力。

问：您的作品在结构上是不拘常态的，水墨淋漓、色泽飞扬，任由感觉支配，形成画面上大开大合而又相当"解构"的布局，富有一种欢畅而又自由的趣味，大画空间跌宕，小品也奇构生发，故而能让人获得清新而澄目的快意，谈谈您在创作中的体会。

答：我是个从小不喜欢受任何约束的"野鬼"（我妈这么叫我）。是不拘束，无框框，任性起了决定性作用。我总在想：把自己画得不愉快的画别给人看，别人看了也不愉快。呵呵，画家无权让人家陪着自己不愉快，对吧？

这里面除了基本功的掌握外，还有一个办法，就是大画当小画来画，以期周到，不至空洞；小画当大画来画，以期豪放，不至小气。

问：许多画家在独辟蹊径时从笔墨上去下功夫，而您则以自己的艺术个性引领笔墨形式的探索，使艺术语言有了自己的自然归宿，这也是您的作品具有强烈"当代性"的重要方面，您是如何看待艺术创造与个性的关系的？

答：如果中国创新仅仅停留在笔墨及造型变化上，那么这种创新充其量也只是换了张"画皮"，而且这张"画皮"也未必会超过原来继承传统时的水平。创新的根本变化是对当代人文意义、社会环境、生存态度的深层关注与理解。我的作品如果单从笔墨等技术上来分析，水准离吴昌硕、齐白石、黄宾虹及许许多多历代大师还甚遥远。而我成功的关键是我把我对当代形形色色的关注和理解最大限度地融进了自己的作品中。虽然略有成果，但我还在不断努力之中。

问：您从深度的传统学术境地中走出了一条直通当代的道路，从而实现了与在当代文化情况下的沟通。在典雅、高古、个性的土壤上，可以说，您创造的是一篇散发出充沛生命光彩的灿烂文章，可以这样说吗？

答：呵呵，这个评论也是一家之见吧？但这位批评家在做出这个评论时，我们还未见过面，他也是第一次见到我的作品。所以他的这段评说应该是比较准确的。因为这里面没有令人头痛的"关系"魔障。别的我不说了，但他对我"充满生命光彩"的肯定，我觉得是很确切的，因此我很高兴。事实上，我几十年来一直是在用生命体悟艺术的。任何人可以说我作品中的许多不足，但我拒绝否定我用生命体悟艺术。

问：您最独特的突破点在色彩，您的贡献也是将泼彩转化为破彩。破彩者，写彩也。您是否从新老传统中获得了力量，使您一旦进入了经张大千、刘海粟的画脉，便在写彩这条路上走得更大胆，更彻底，更极端？

答：传统中国画"扬墨贬色"是个千年痼疾。水墨与色彩功用不同，效果有异，谁也不可能，也不必替代谁。中国古代壁画注重的是用色，历代青绿山水也注重用色，宋代花鸟画也注重用色。文人画兴起后，就变成了"水墨为上"，一时成为风气，这种风气一直影响到当代。按古代文人的说法是："水墨清高不易俗"，殊不知俗与雅还是人的品格问题。你人品俗，再你水墨也俗；你人品雅，再你用色多也雅。七彩与黑白是无辜的。

据于此，我决意来反一反这个错误的认识与习惯。因此才有了我全用色彩创作的花卉画。结果我也不觉得俗，别人也不觉得俗。事实证明，"扬墨贬色"是无稽之谈。其中有一点很关键，无论用水墨还是用色彩，其用笔、用水以及随机性等中国画创作要素是完全一致的。用墨讲究"见笔"，用色同样讲究"见笔"。

张大千，刘海粟用色是墨打底再泼色，这比我用纯色彩笔写出要容易得多。中国画技术最难点就在一个"写"字上，泼比写的技术掌握要简浅许多了。我可以骄傲地说，纯"写彩"者古今绝无。

问：传统文人画讲究诗、书、画、印的结合，对于一幅传统的中国画来说，把诗、书、画、印结合起来，似乎才表现得更为完整，更有特色。而今天的画家在这方面似乎不那么重视了，对这种现象您有何看法？

答：诗、书、画、印的完美结合是中国艺术家对人类文明做出的巨大贡献！这使得每一幅作品更具精神上、形式上的完整性。好诗文、好书法、好印章不是作品的附加，而是作品的有机组成部分，缺一不可。所以从这个意义上来说，这三者也是"画"，其作用是不可画处的画，起到绝妙的画面配合作用。今人不解其妙是件很悲哀的事情。诗文、书法不说，单就打印章也大多是乱打一气，说不上为什么那儿要打上印章，印章打在哪里与画面是什么关系和作用？等等妙处，知者、能者殊少。可叹！可叹！

问：有人提出现在画家可以有多种途径取得艺术上的成功，可以从传统入，也可以从生活入，还可以借鉴西方艺术，请结合您的实践谈谈您在这方面的感受。

答：古人为艺也从生活入，这一点不新鲜。至于学习借鉴西方，我前面说过了，这儿就不说了。我只强调一点：只要你还叫中国画，你就无法游离于古代艺术大师们用作品所构筑起来的中国画品评标准之外。也许你可以游离于这个品评标准之外，但你要做得与传统不同且又不比传统差！

问：在传统与创新的关系上，反传统构成了当代西方艺术的一个重要特色。而现在中国也有许多前卫现代的艺术家，您是怎么看待这个问题的？

答：呵呵。这是一种精神向往。人各有志，让他们做做看。一时的躁动与炒作到底有多少生命力？

问：陈丹青说："真正的艺术渴望批评。每一件作品第一位严厉的批评者，应该是艺术家自己。"您认同吗？

答：陈丹青说得对。任何时候自己终归比别人更了解自己。得失寸心知呀。至于批评，不是一概渴望，只渴望真诚的批评。否则照单全收，自己就会失去目标和方向。每一个艺术家的最后成功总会夹杂着自认为优点的缺点。这符合规律。问题是缺点的量。

问：艺术可以净化人的心灵，那么您认为作为一名艺术家应该具有怎样的心态呢？

答：艺术是可以净化人的心灵，但也不是唯一可以净化人心灵的灵丹妙药，这还是自己与读者的素质对应问题。要不哪来这么多艺术家自身的心灵也不净化呢？读者就更不用说了。

问：您对您自己笔墨探索的成果有怎样的总体评价？

答：我对自己笔墨成果的评价是：初入堂奥。你同时应该问我笔墨以外的"修为"评价。我告诉你,无论笔墨还是笔墨以外的"修为",一生均在进行中。

2008 年 9 月 19 日

吴冠南　紫藤　20cm×33cm　水墨纸本　2012 年

关于中国画一些问题的问答

杨晓明（以下简称杨）：吴老师您在中国花鸟画创作领域的探索与突破，在当代中国画坛被越来越认同。在您成功的背后，我发现一个有趣的现象：现在每年国家培养出来的艺术学生成千上万，但是在画坛真正能成名家，可谓"凤毛麟角"。您是非科班出身，却在花鸟画创作方面取得令人瞩目的成就。请您分析一下这种艺术现象。

吴冠南（以下简称吴）：学院教学有其长处．也有其短处。长处是学习条件好、系统、正规。因为有老师的指点，可以少走弯路。弊端是学生素质各有短长不同，而学院又只能一概以同一种方法传授，不论你长短粗细，用统一框框规范你，这就坏事了。

南京艺术学院教授陈大羽先生当年也看到了这一弊病，他曾讲:"学院教学是把蠢材与天才往中才上一齐拉匀。"这句话的分量很重,可惜也就这么一说,凭一个人的力量根本无法改变中国学院式美术教学体系。尤为严重的是艺术观点的近亲繁殖,学生秉承老师,学生又把自己从老师那儿贩来的观念传授给他们的学生,一代一代,恶性循环,这是中国学院式教育的致命之处。

当年徐悲鸿、刘海粟引进西方科学,客观的美术素描基础训练方法,其初衷是改良中国画,而最美好的初衷,经过实践的检验后,也许并不一定就会产生出好的结果来。

杨:听了您的介绍,我想对于学画的学生一定有所帮助和启迪。我最近翻阅了一下中国古代花鸟画史。北宋以前,画家尚写实,重格法,强调生活体验与写生的重要性。南宋以后有了画家自我情感的主观融入,在创作风格上提倡"黄筌富贵""徐熙野逸"审美要求,那么对于一个从事花鸟画创作的画家如何体味二者间的关系?

吴:我曾在我以前的一些文章中谈到北宋的绘画与唐朝的书法。北宋的绘画基本上是照抄大自然,带有很深的取悦与功利目的。而作者主观意识的介入,几乎为零。(当然一丝不苟地照抄大自然,也非易事,但这种苦差事却与艺术无关)。我们不难从许多技法中看出这一点,如云头皴、斧劈皴、披麻皴、荷叶皴等等,无一不从自然中变化而来。在那个特定的历史时期,画家们的认识迫使他们只能做到这个程度。

南宋而后,由于文人画的逐步兴起,画家重视了与绘画有连带关系的诗文、书法、印章,尤其是注重了人性对艺术的主导作用,从而使中国画拥有了一个新的发展途径。这也是历史的必然。

另外关于"黄荃富贵"与"徐熙野逸"的说法,通常浅析为地位的区别,而徐、黄两家真正的区别在于他们作品所表达的精神趋向和技法区别。毫无疑问是徐熙为中国画带来了更大的发展可能性。黄荃则因为是宫廷御用画家,他的每一笔、每一画必然要受到欣赏者的制约。因此,迎奉成了黄荃必须要做好的工作。而徐熙的成功就在于他创作的自主性。

关于"扬州八怪"我就不多讲了,"八怪"中除了金农(也小巧)其他我不多读,尤其不读郑板桥。文人画发展到极致,账应当算在徐青藤与朱八大头上。"扬州八怪"并无一处突破这两座高峰。赵之谦、虚谷、蒲华等则又被囿在了"扬州八怪"的框架中。他们虽然在作品的某些地方与"扬州八怪"有所区别,但些许小的变动并未使他们足以突破"扬州八怪"的樊篱。任伯年的绘画从陈老莲一路而来,但任伯年作品中纯熟、准确的造型技法和机俏灵动的画面氛围，使他在那个年代乃至当代成了一个卓有成就的艺术家。比起他们后来的画家吴昌硕与潘天寿，则以一种前所未有的图式语言的建立，与他们的前辈一样登堂入室、成为近百年中国画坛的典范。

我曾在我撰写的一篇《关于中国画图式探讨》的文章中，对宋代的马远、晚清的吴昌硕和现代的潘天寿所创立的绘画图式做出过较深入的研究。吴昌硕所做出图式的贡献是在大纵大横两极上，强调了这种关系所呈现出来相扶相破的结构语言。潘天寿则发现并强调了拥塞与穿破之间所呈现出来的，死而后生的绝妙结构语言。他自己把这种方法称作"造险破险"。他们这种超越前人想象的突破性贡献，使他们在中国美术史上卓而不群。

杨：所以说，历代的先贤给我们后人留下了很多宝贵财富。正视现实，我觉得可能是中国花鸟画题材自身的局限，令人很难愈超越古人创造的经典与图式。当代对中国花鸟画现代形式的建构，摆在每一个从事花鸟画家面前。潘天寿先生是对现代花鸟构成进行探索的第一个先驱者，但时不假年，他身陷"文革"厄运，没能让他的探索之路走得更远。我关注到当代花鸟画创作的二类形态。前者是精心守护传统，如卢坤峰、龚继先、霍春阳、王和平等花鸟名家。他们对传统水墨的把握可谓深得三昧，强调传统文化的蒙养和笔墨的深度，恢复古典式情怀与理想精神家园。而第二类的画家认为：时代在变，生命形态在变，从而主张艺术形态与风格的转换，以符合现代感性生动的审美意向，传达出更丰富与复杂的心理层次。石涛讲过的"笔墨当随时代"，大概就是这个意思吧。而这方面的代表画家就是您吴冠南先生与何水法、江文湛先生。今天能否请您谈谈您的两个学术观点：第一，就是消解山水与花鸟边界，第二，利用平面构成肢解传统花鸟画的构图。尤其是第一个观点是否是对当年潘天寿先生对现代花鸟画新构成探索的延续？

吴：准确地说，对中国形式（图式）做出贡献的，潘天寿并非第一人。这从我前面的谈话中已可以证明。

我一般对跟着古人亦步亦趋的现代中国画作品不多加注意。当然对失落传统却又有一点新意的作品也不多加注意。清初的石涛尚知道"笔墨当随时代"和"对花作画将人意"。那么在距他几百年的今天尚在"炒古人冷饭"的作品，还有多少关注的意义呢？

谢谢你把江文湛、何水法和我都列入有创新意识的画家中。同道不可妄论，而谈一谈自己是可以的。

近几年我在做的混淆山水与花鸟画关系的尝试，其实是20世纪五六十年代潘天寿、郭味蕖两位先生已经做过了的探索。（见潘天寿《小龙湫下一角》等图与郭味蕖《大好春光》等图）这是一种探索，我觉得可以接着做下去，所以又捡起来在做。发现一个课题不容易，往往需要几代人的努力才会成熟，我珍视老先生们的发现，所以我乐意为此付出心血。打破山水与花鸟画的界限，不能简单地看作山与花的拼凑，而是你中有我，我中有你的高度融合。很难做的。

我另外一种所谓"构成"花鸟画法，"构成"只是一种说辞，其实并非平面，也非构成。我更喜欢用大开大合来冠名则比较准确一些。这一类作品是我在苏州园林中发现玲珑剔透的湖石与其上下、前后、左右花卉的相互关系中得来的，我试图将这一现象加以强调，重点刻画花中有石、石中有花、花石分而不分的开合关系。而其中传统经典技法的完整保留与全新的图式，共现出别样的视觉审美来。同时我还在尝试着重彩、积彩的画法，我是个不安分的人。

你要我谈对当代花鸟画现状的看法？我无从说起。借我同僚一句话吧："当代有画家但没有艺术家"。

关于现代人的审美情趣，我想大概是积极向上，热烈奔放同时又不失文雅风范和较厚实的民族文化精神吧。

杨：听君一席话、胜读十年书。我的理解对绘画不光是一个技能娴熟问题，更重要的是画家要明白道的问题。身处现实社会，它的作品必定会反映出这个时代审美情趣与追求，这样的艺术作品才有生命力，您长期生活在锦绣江南，这里的自然风光与人文熏陶，对您的创作带来何种影响？

吴：我从小天生就对自然中的一草一木、一花一鸟等充满爱怜之情。我常常会在溪边篱畔寻觅着无言生灵的生存状态，有时会对着一个动心的点看上半天。就好像前身我是斯、斯是我今身一样，令我时喜时悲，如痴如醉。这我一点也不夸张。是这些影响了我绘画和我生存状态的渊源。

我怜惜残花败柳、我崇尚自生自灭，虽艰难却自由的生命状态！我的绘画源于斯！我的品格源于斯！我一生许许多多、林林总总的诸多事情，成亦于斯！败亦于斯！但我很欣慰，因为我大致还算恪守了人性的本真！

杨：最后想再请教一下吴老师，您的家乡走出了四位现代绘画大师，徐悲鸿、吴大羽、钱松岩、吴冠中，您是如何认识他们的艺术贡献？

吴：地域对文化的影响以及对一个艺术家的成长是有很大的影响。历代书画大家大都出在江南一带，就足可说明问题了。这个问题具体要说得很清楚也很困难。不过江南独有的风物与人文精神，的确对我有很大的影响。特别是我的家乡宜兴，在不长的历史阶段中，连续出现徐悲鸿、吴大羽、钱松岩、吴冠中这样的艺术家绝非偶然。在宜兴历史上，一门两宰相、一门数进士，不足为奇。新中国的教育部长蒋南翔和台湾国民党政府的教育部长虞朝中不仅同是宜兴人，而且是同一村的邻居。而宜兴籍教授之多，遍及全国及海外大专院校，其中两院院士之多，也属国内其他地区所罕见。

在这四位乡先贤艺术家中，除钱松岩外，其他三位则重西学后又转中学，在我看来，半途改道，终归元气不足。所以我对钱松岩先生则关注更多一些。

杨：谢谢吴老师接受央视的采访，我代表全国热爱您艺术的观众和收藏家，祝您艺术之树长青，给我们奉献出更出色的图画。

关于黄宾虹的对话

许宏泉（以下简称许）：最近因为写《黄宾虹》，读了他的很多画论，系统地考察了黄先生关于画史的反思，尤其是对当时绘画现状的忧患意识极其深刻。黄宾虹以为中国绘画偏离了传统的正脉，不中不西，尤明清以降，文人画的末流因一味张扬自我的个性，市井、江湖泛滥，黄宾虹过去了五十年，今天我们重读他的言论，仿佛他的所指即是今日。这么多年，中国画也一直在"寻找"，尤其是花鸟画，我觉得花鸟画存在很大的问题。比如工笔，基本上是挂着宋人的羊头，卖的还是"中西合璧"工艺品的狗肉。写意，在当下也是江湖市井的习气充斥，与当下的文化的境况和人的自身修养都有关系。不知冠南先生以为如何啊？

吴冠南（以下简称吴）：对黄宾虹认为的市井的说法，我觉得可能还不准确，因为他没讲清楚市井到底是怎么样的现象。后来我跟林散之先生也交谈过，他大概是完全照搬了黄宾虹先生的观点，他认为的市井就是太野了，很文静、很安静的画就不市井了？他指的市井不是颜色用得多了的俗，而是浮躁。

许：市井朝市还是有媚俗的动机。

吴：对，一是画面有点取媚的意思，另一个是造作、不文静，这大概就是指的江湖和市井，这样说也不一定很全面，因为时代在发展，浮躁的也不一定是市井，画面动起来的也不一定是江湖，颜色用多了也不一定就市井，像宋元的金碧山水，颜色也是用得厉害，也不市井。对老先生讲的话，有一些地方可以参考，有一些地方还是要自行的分析一下。当代花鸟画最大的问题就是书写上的问题，这是基本功；另一个是修养问题，没有好好地理解中国画是怎么回事，花鸟画是怎么回事，没有正确的理解。时代到了今天，可能是个必然的现象，就是浮躁，坐不下来，不好好地体会古人。

许：所谓书写性，古人所谓以书入画，要有金石味，有金石味才能沉静下来，以书入画才能有法度在，才有可读性。花鸟画发展到今天,似乎非常成熟了,实则是各种招数都玩尽了。我们不要老谈创新,黄宾虹也不谈创新,首先是传统怎么继承,怎么去理解传统,因为我们早已像黄先生当年所说的那样已经失却画学真传了。

吴:简单地讲,讲一句官话,就是多画多积累,多画容易理解,多积累包括得多了,最主要是文化的积累,然后是笔墨的积累,然后是造型的积累,然后是画面安排的积累。你画得很自在,自在当中还是有安排的,安排到没有安排,安排了但是你看不出来安排,那才高。你装着没有安排没用,像我孙子来画,那他是没有安排的,那就不成画。实际上好多方面的积累,笔墨的积累,造型的积累,构图的积累,然后是最重要的文化的积累,如果没有这些积累,你不会读懂中国画,你都读不懂中国画了,怎么画得好中国画?这是个关键问题。

许:相对山水画来说,花鸟画肯定"重色",怎么看待雅与艳的关系。我们不谈艳了,艳有一点贬义,就说色彩的明快而能雅。

吴:这有两个方面,一个就是技术方面的,尽可能不用原色,所有的颜色让它脏一点,这是我的办法,可能它就去掉了一些火气;然后就是搭配,古人讲"红搭绿,一块肉",因为红的不火,绿的不火,你在分量上对比大一点,这也是一个方法。然后是安排方面,看你把红放在什么地方,把绿放在什么地方,让它们有一种相扶相应的关系,起到了一种相互冲突的作用,而不是放在一起让一般人感到舒服,这有好多方面,我是这么认为的。

许:这是个技法层面的问题实际上还是自己对审美的认识。

吴:自己的感觉,自己认为这样可以了,那就好。

许:还有个问题就是,因为展览,追求展览的效果,要画大画。花鸟画呢,自古以来可能就不太适合画太巨大的画,因为你画太大,就可能有一种堆砌的感觉。像陈半丁、李苦禅画的大画,实际上还是"拼盘"。再则现在很多人画的大写意实际上不是大写意,它是小写意的"放大版"。

吴:大写意不是画大了就是大写意,大写意它更重要的是指心胸,然后是指的笔墨。如果说是把一张画画大了就叫大写意,那跟傻瓜差不多。怎么画大了就叫大写意呢,大写意首先是心胸,你在画面上传达出来的气度,然后是你的笔墨,这两点组成的才是大写意。

许：传统画学关于笔法、墨法和章法的讨论，章法建立在笔法、墨法之上，现代人可能更重的是章法，因为章法比较吸引人，像潘天寿，更在意的是章法。你刚才讲到书写性问题，实际都已本末颠倒，笔法上还没过关，就一味求章法新奇。被当代人捧为"文人画泰斗"的八大山人，在我看来，他更多的是章法上的奇，他的墨法也很好，他的笔法相比起来可能要排在后面一点。黄宾虹从来只说"三高僧"，他从来不谈八大，他甚至以为八大开江湖之门。

吴：刚才讲的问题很对，八大的画面结构有一定的设计性，如果用黄宾虹的眼光来看就不够自然，它的那种设计还有一点痕迹。其实每一个画家都设计，我也设计，但要设计得看不出来，八大的画面设计是能看得出来的，匠心能看得出来，所以说不是很高。比如徐青藤，他的设计性就好一点。如果说画面结构不设计是不可能的，总要想安排吧，所谓的章法总要动一点脑筋的，问题是你不要把动脑筋在画面上留出来或者是越少越好，所以怎么样安排一幅好画，面面俱到，也不可能。就是黄宾虹也不面面俱到，他的画也有缺点，他那个构图很程式化。所以说一个好画家，也不会面面俱到，总是做好了这头忘了那头，当代人见得多了，因为媒体多了，看得多了，所以在这方面可以多动点脑筋。在章法、画面形式上面，我倒是有一点讲究的,因为它毕竟是一幅画,你不可能把东西放上去就算,你放的什么东西我不管,你放得好看不好看还是值得研究的,所以我最近写了篇文章,你看一下有没有道理。

许:你谈的这个"图式"实际上也就是古人讲的章法?
吴:对。

许:还有一点,可是受了八大、青藤的影响,认为越简越好,对繁的东西处理比较难,简繁不等于虚实之妙。
吴:八大做了,但是还有一点痕迹,黄宾虹也做了,也没做好,从黄宾虹的画面上来看,他有很多都是程式化的构图,他在构图上面几乎是没有多想,如果他跟我们一样在想,他也能做得更好,他就没去想,他觉得这个不重要。

许:他认为笔墨重要?
吴:对,他可能是这样,但是重了一头就忽略了另一头。我们崇拜黄宾虹,但是他的一些问题我们还是要承认的,这就是他的问题。黄宾虹山水的外部结构比较文静,看上去像一个学者,在安安静静地做事情。每一个局部又都是很放肆、很抽象的,简单地比喻人多的时候,像一个很谙世故、很有学问的学者,他一个人的时候,可能我们干不了的事他也干。我觉得没有必要,既然局部很放得开,不妨就完整地放开可能会更好,为什么我们有时候看黄宾虹的一个局部放大,会觉得特别好的。

许:在黄宾虹看来还是要有个度的把握,他求的是"内美"。

吴:外部要做好,就像家丑不可外扬一样,我们自己的事都在家里,外面还是正儿八经的样子,这跟时代有关系,跟黄宾虹那个时代的做人、做学问有关系。在当代,我觉得这一套完全没有必要,我在外面怎么样,我在家里也怎么样,尤其是我。这是黄宾虹山水的一个问题。然后就是上次我跟你讲的黄宾虹花鸟画的问题,他自己讲,画要生了再熟,熟了再生,这是一个过程,这是一个非常英明的对中国画过程的理解,他山水做到了,花鸟没做到。我没有看到他花鸟画得有多熟,然后再生,然后再熟,他的花鸟跟山水比,明显缺少这样的过程。

许:你认为他是太生了还是太熟了呢?
吴:他完全是生的,他没有到熟,更没有从熟再到生。因为他不重视花鸟画，他认为他的笔墨好，他来两下就能看。事实上也是这样，因为他的笔墨、用水、用色太好太好了，所以他画的花鸟画还能看。如果我们像他这样画那肯定不能看，缺少这个过程，他讲了没做。就像齐白石讲的"太似为媚俗，不似为欺世"，他画的那个草虫太似太似了，但又没"俗"；他画的那个牡丹花的干枝，就是老干枝，上下全是老干枝，枯笔浓墨，像梅花干枝，也不见得是"欺世"。所以对老先生的理论，他是这样要求的，但是自己并没有理解俗与不俗的根本。

许：我对黄宾虹花鸟画的理解是这样的，他花鸟画是传统的，像恽南田，包括宋元的常见的题材，旧典新题，重新阐释古人粉本；其次他也画了很多写生，杂花野草。他对杂花野草很感兴趣，因为它很鲜活。他的很多花鸟画很文静，很野逸，他是在警惕花鸟画，所以少画。因为在当时，他看到两种现象，前面讲过，一种是媚俗的扬州、海派末流，过于放纵，所以他很警惕。人生苦短，可能他理想中的境界也不是他现在这种境界，他有更美好的理想中的彼岸，但他更多的精力放在关注山水画，但我觉得黄宾虹的花鸟画给我们的启发很多，就是他也在寻找花鸟画的古法真传，因为当时花鸟画确实很多是在迎合市场，尤其是海派。海派他觉得蒲作英有生趣，他觉得赵之谦的画尚有古意,他很少提吴昌硕,可能他不太喜过分地张扬,他喜欢内敛的沉静的"内美"。对齐白石呢他很少谈,他认为齐白石用墨高于用笔。如果把齐、黄做一比较,更多的人会认为齐白石是花鸟的大家,他有很多民间的、鲜活的东西。你早期也对海派比较关注,尤其是吴昌硕、齐白石你也在关注,尽管你对黄宾虹提出来批评,但是读你画的人还是从里面看出来很多黄宾虹对你的启发或影响。

吴:黄宾虹对我启发也就是笔墨、用水和用色,尤其是用宿墨和宿色,他给我启发很大,我很佩服他,但是不等于他没用笔,同样我佩服吴昌硕和齐白石,他们也用笔,后人的进步就在于发现他们的问题,如果都不发现问题很麻烦。

许:那你觉得吴昌硕的问题在什么地方?

吴:吴昌硕的问题之一,他虽然建立了自己的模式,但是也显得程式化,自然不够,但也正是这一个问题成就了吴昌硕。他至少发现了一个问题,解决了问题,但另外一些问题做得不够好。他没有那么多时间。包括我们也是这样,我们解决了一些问题,然后却忽视了另外一些问题。

许:黄宾虹警觉的"文人画"的末流,现在有些人,照着

"扬州八怪"画两笔头，简倒是很简的，或打着"禅画"的幌子，给人感觉格调很高，怎么看现在人对传统的态度？

吴：他们完全没有认识到传统，他们读大师的画都读不懂。我不是狂妄，在我看来，当代能读懂中国画，尤其是花鸟画的，不超过五个人，其他的全是混混，他们真读懂传统了，他们也就不这样画了。最起码的，你连书法都不过关，还谈什么传统呢？当然你可以不管传统，自己画，也可以，你最好不要来谈传统。

许：现在花鸟画的问题，基本上都是在齐白石、潘天寿、李苦禅背景下的，这样单一地发展下去会不会走到死胡同？

吴：不会的，如果动脑筋认真地来学它还会有变化。看你怎么做，看你怎么样学传统，然后怎么样从传统里面出来，来表达自己。

许：通过我们刚才的谈话，我感觉到可以归为以下几点：一是对传统理解不够；二是表面地把它图式化了；第三就是没能够从批判的角度看，不能发现问题。

吴：对，读都没读懂怎么批判呢？首先读懂才能批判，没读懂批判不是乱讲吗？真的要弄懂中国画的某一个问题，你得几十年坐下来弄这个事情，现在没人做这个，我不是看不起当代的这些画花鸟画的，他们可能比我们更能干、更聪明，但缺少的就是像我们几十年坐下来研究一个问题的精神。

许：我们发现现代很多花鸟画家，比如唐云、王雪涛，他们是那个年代的名家了。他们年轻的时候很鲜活很生动，比如唐云，早年学华新罗很雅致也很清新，后来要变，虽然变得也有自己的面貌，但反而不如早年，不说市井却也难免习气，成了套路。

吴：王雪涛晚年的东西也不如中年的，唐云是不如解放以前的，解放以前的还有一点文气，到60年代以后几乎就没有了，原来的灵性和文气就全部没有了。这是他自己的一种方法，王雪涛也有这个问题。这就是我们前面说到的问题，他捡起来又扔掉了，因为他不满意，他想找事情做，他把前面的东西丢掉了，还不如原来的。这个现象很普遍，不是唐云一个人，好多画家都是。有大才能的像齐白石、吴昌硕，他们就做得好一点。你看吴昌硕老早的东西就像赵之谦，后来就有了他自己。实际上我现在也在找，原来学吴昌硕的还好一点，相对安静一点，现在有一点自己了，跟原来的一比还是躁了一点。

许：它是一个过程，越过这个过程可能就越出来了。

吴：如果画到底还是吴昌硕怎么行？看你怎么把握，这是个理解问题。

许：这个东西很难，因为一生的艺术路很长，老是保持原貌也不行，重复也不行，但是怎么走下去，有时可能走好，有时可能就堕入魔道。这时候就要有底线。

吴：所谓的艺术呢，一个是寿命，第二个是学问，第三个就是积累。

许：黄宾虹晚年有一篇文章很有意思，谈到"国画与养生"，他认为中国画与养生也有关，画与人同寿。

吴：对，寿命很重要，黄宾虹要是早死二十年都不行。实际上寿命也就是积累，他比你多画个三十年肯定比你好。

许：这个也是要理解，像唐云活到八十多，他再活到九十，再这样下去也永远就这样。

吴：唐云其实到死的这两年，有一些抖抖擞擞的东西，它反而就比原来要好点了，毛笔也不听使唤了，我觉得他反而好了点，但大部分人认为呢，他不如原来了，我看他是反的，因为他晚年因为手抖抖擞擞，不听使唤，我觉得反而好。其实我平时想的问题还没你想得多，你到底是搞理论的。花鸟画呢其实跟其他画是一样的，讲句实话，如果还是这种方法走下去，而且很多人还不是用很大的功夫在照着路子走，肯定画不好。就是像我们花了很多心思，花了很多功夫在做，也未必能做得好。某一个事物它发展到尽头了，很难再把它做好。花鸟画、人物画、山水画如果真要画好，而且不比古人差，照这样子肯定不行，我们也不行。我有一个很奇怪的理论，不知道你能不能接受，大家能不能接受，哪天人物山水画又跟古人一样好了，那必须重来。不知道是哪个时代出了哪一个人，他来做这个事情，用完全不同的一种方法，一个角度来画，然后画出来就是不比你黄宾虹差，就是不比你齐白石差，也有这种可能，但是不知道是什么时候。

许：这种想法有人也想过，比如说"笔墨等于零"也是想另起炉灶嘛！

吴：另起炉灶是对的，但是你要做得不比古人差，有一个大才能的人出现。古代有皇帝也是一个国家，民国把清朝推翻了，不是皇帝了也是一个国家，做得也不比你皇帝差，就是这种现象。

许：每个时代总是有人清醒，大部分人是随大流的。所谓的随时代，时代就是大流，你要不随时代才行。

吴：对，我们算是不随时代的，但是我们也不能做得更好，因为你还是在这条路上，尽可能做好一点吧，其他问题就不讲了。我就指望哪天出来个有大才能的人，他是另起炉灶的，然后做得一点都不比传统差，不知道要到什么时候。

许：能够另起炉灶，那么他肯定是一个传统集大成的人，五四尤其1949年以后，整个传统文化断裂了，现在像我们1960年代的人，包括1970年代的，又开始想认识传统，短时期很难接轨。黄宾虹对美术史的理解好就好在，他能够和西方学者一样站在一个高度，清晰地解释传统，只有这样才能知道什么是好的，可以保留。中国人大多没有解释传统的能力和一个高度，解释都解释不清楚，怎么知道哪些好哪些不好呢？

吴：关键就在这儿，传统是不好解释的，所以我们能讲得清楚的还是很小的一部分，大部分讲不清楚，它是只能意会的东西。

许：画史总是起起落落的像"元四家"起，遂后衰落，文徵明出来了，董其昌出来了，一代以后马上它的末流又开始了。此起彼落，就像开车一样，方向盘会不断调整，完全直线不可能。这个时代发生偏颇，总会有人发现，然后能把它调整，那么，这个人是很重要的。

吴：对，永远是这样，这是一个规律。

许：花鸟画发展到现在就是太烂，什么人随便抓起毛笔他就能画牡丹，画齐白石的虾米。以前我们老家街上有个卖老鼠药的，整天一把胡琴反复拉着《二泉映月》，有一天电视上播放一个名家演奏这首曲子，我告诉儿子说这是阿炳的名曲《二泉映月》，他说，不就是卖老鼠药的曲子吗？画画被他们弄得很世俗以后，这也是个问题。你现在看看那些人画得乌烟瘴气，太烂了。

吴：对个人而言喜欢画画也不是一件坏事，还是引导的问题。现在有主流的、非主流的，当官的认同的就是主流的，其他的都不是主流的，这些都是问题，都在阻碍着中国画的发展。如果吴冠南的画挂在那儿，一个老干部的画挂在边上，很多人会说这个画得比吴冠南好。

许：现代人的视觉认知也很浮躁，比如他们一见到你画泼彩就会说这是刘海粟。其实可能没有什么关系。

吴：很多人比我们聪明，问题是他不思索……

2000 年春

吴冠南　官扇花卉　30cm×30cm　绢本水墨　2016年

吴冠南　团扇花卉　30cm×30cm　绢本水墨　2016 年

闲抛闲掷野藤中
——略谈徐渭的绘画

"青藤白阳才不羁,缋事兼通文与诗。取神遗貌并千古,五百年下私淑之。"这是黄宾虹先生对徐青藤、陈白阳绘画艺术的由衷赞颂之言。全诗第一句就讲到了"才",第二句讲到了绘画必须兼备文化素养,第三句指出了青藤、白阳作品取神遗貌的主要特征,第四句则强调了五百年以来青藤、白阳艺术对后世所带来的巨大影响。

我曾在绍兴"沈园"中发呆地想:在绍兴的历史上怎么会涌现出如此众多的文艺精英来?单书画而论就有王羲之、徐青藤、陈洪绶、赵之谦、任伯年等等。苍天独厚之,的确令人敬羡不已。

徐青藤幼年孤贫,但他天赋机警聪慧,故他的才华很早就能够显现出来。据史书记载他九岁就能写出很好的文章,二十岁就考上了"生员"。这意味着他是一名可以参加从乡试开始的各级通向仕途考试的举子了。但苍天赐予中华民族的是一个绘画巨匠而不是从政官员。所以徐青藤的仕途考试注定屡试不中,从而幸能为中国艺术宝库留下了许多光耀千秋的丹青瑰宝来!

徐青藤的绘画正如宾虹老人所言,因为才高又通诗文,这两个要点就基本上奠定了徐青藤作品风格的审美与追求方向。因此徐青藤作品形成的主要因素第一是才,第二是学,第三是坎坷的生活经历。这三者如缺一,断然出不了徐青藤这样的艺术巨匠来!

"才"是一切工作中出大成果的基本保障。"学"是对先天的"才"的一种文化补充。才使学深、学令才厚。才、学兼进,加上诸多的生存因素和广泛的涉猎、训练、积学,从而才会形成与众不同对生命、对自然、对艺术的深度认识。不同的经历、不同的认识、不同的积累、造就了不同凡响的徐文长!中国传统文化精神历来讲究中正平和,反对逞才使气。然而天生与众不同的徐青藤却为我们创造了一个偏要逞才使气的奇绝艺术版本!

任情挥洒,笔飞墨溅。笔墨与造型在徐青藤这里变成了一种生命的跃动和语言的倾诉。作品就变成了他自己生命的符号。画什么，怎么画？在徐青藤这里已毫不重要，重要的是他借笔墨表达了他对生命和现实生活的深度思考。是的，当我们在研究、探讨任何一位伟大人物的时候，他的业绩只是从他生命本质中反映出来的一种现象，而现象背后的本质才是我们需要深入探求和思考的重要部分。

纵观徐青藤作品的风格与语言倾向，我们不难发现他以笔下的各种表达方式，在向我们展示他多才和坎坷人生经历的同时，也向我们倾诉了他对生命的理解与对现实社会的诸多看法。正如他的题梅花诗所云："从来不见梅花谱，信手拈来自有神"。这就明白地向我们传递了他对艺术、对人生、对当时社会所持有的一种态度。"从来不见梅花谱"说明他对现成的"法则"毫无兴趣，他重视自我对事物独到的理解和表达方式。这对于一切艺术创作来讲，的确是平庸与伟大的分界线。事实正是这样，中国历代的大师、巨匠们，无一不是把他们自己独到、深邃、敏锐的洞察力来表达自我对生命与事物的态度，尔后又倾力地把这种态度再现在他们的作品之中。

《论语》里仁篇，子曰："君子之于天下也，无适也，无莫也，义之与比"。其大意即是讲：君子对于天下的事情，没有为什么一定要这样做或一定不要这样做的，只要符合道义，该怎样做便怎样做。虽然徐青藤艺术风格的出现，对于明代中期的中国艺术审美习惯来讲显得有点格格不入，那么当经过时间的洗礼以后，徐青藤艺术的伟大意义却越来越为全人类所认知与推崇。中国历史上的八大山人，西方历史上的凡·高都属于这样一个现象的典型例子。虽然他们当时遭遇到社会对他们落寞、冷清、曲解、打击等不公平的对待，最后正好印证了他们品行的无比伟大！天才对事物的理解总是超越时代的，因此他们的步伐自然而然也总是跨越在时代的最前面。当人们还未发现时，他们发现了；当人们还未做出时，他们做出了。他们领先于时代却又难免为时代所不解，这是冥冥之中的一种宿命！

我小时候曾经常在茶余饭后听大人们讲有关徐文长的趣闻逸事，小时候不谙世事，听了只觉得好笑。稍大一点开始习画的时候才知道徐文长就是徐渭。心想徐文长画得出名，怎么又会在民间市井也会成为口口相传的传奇人物呢？其根本原因就在于他以一个文人学士的身份，站在了平民的立场对诸多社会现象发出了讥讽和不满的呼声。例如对封建伪文化人的讥讽："文庙丈朝两相宜，先生不识苏东皮……"讽刺了当时的某些伪文人把文庙读成了丈朝，连把大文豪苏东坡竟也读成了苏东皮。类似的有趣段子有许多许多，有的让民间一传再传并加上风趣的俗料，实在可以让人捧腹大笑。

当我们综合、立体地来研究分析徐青藤时，就不难发现是他的坎坷人生和博学多才，以及正直坦荡的平民思想等因素成就了他的一切。这里我不打算用大篇幅来分析他作品中的创作技巧，我认为斤斤于对他作品技巧的分析，实在太过浅显。从许多方面来看，当时的一种落寞与无奈，却正好预示了他对人类文明的不平凡的伟大贡献！五六百年过去了，与徐青藤同时代的那些"大人物"们大都已化作烟尘早被人类所遗忘了。相反当时受到冷落的徐青藤的名字和他伟大的业绩，却随着岁月的延伸越来越显现出他的伟大光辉来。这一点是颇值得学人们和领导学人们的人深思与记取的。

徐渭的一生除了在绘画上的贡献外，在其他方面也建树颇多。他曾著有戏剧论著《南词叙录》，杂剧《四声猿》，诗文《徐文长全集》《徐文长佚传》《徐文长佚草》等等。由此可以看出文化素养和人品修为的积累，对造就一个真正的画家有多么重要。

在当下我们对前贤的人品、学养以及他们的伟大业绩，不单单只是怀有崇拜之心，更应该怀有敬畏之心和感恩之心。敬畏他们的学养与人品为我们做出了表率，感恩他们为人类艺术做出的巨大贡献，从而为我们今天和以后的艺术道路，安上了一盏永久不灭的指路明灯。

2012 年 11 月

关于八大山人绘画的几个问题

一、八大山人绘画的材料

八大山人作画用的材料并无特别之处,水墨、宣纸而已。用笔枯少湿多,用墨淡多浓少。其实中国绘画用墨也罢,用色也罢,都是材料和技术性问题。而材料与技术对于绘画总体意义来说,所占比重其实很小很小。成功的绘画作品意义在于作者借作品承载了多少自身对自然、社会、人生、志趣、审美等各个方面的认识度和表述深度。

史学界历来把八大山人绘画艺术的发端归纳到董其昌身上。大都认为八大山人最早的书法与绘画是师法董其昌的,所以董其昌强调作画要遵从王维"水墨最为上"的思想,对八大山人的绘画实践不可能不产生影响。由此我们对八大山人偏爱以黑、白两色用之于他的绘画，也就不奇怪了。其实准确地讲，仅黑与白两色，还不足以成画。大体上水墨画应该是黑、白、灰三色。黑、灰是墨，白是宣纸。更何况墨还可分五色呢？

平心而论，墨也罢，色也罢都只是在绘画一虚一实的气机和体积范畴中的一种表现方法。所以在这个前提之下，用什么材料来表达，效果都一样。人为地把材料判定雅与俗、优与劣均是毫无道理的。既然黑白水墨画可当作五色来看，那么五色画一样也可以当作黑白水墨画来看的。因为原则上作品中主要所表达的是虚实气机和笔墨体积的关系。

正由于我坚持了自我对水墨与色彩运用原则的认知，我才从十多年前开始尝试用纯色彩来作画。古人虽也有重彩画法，但大都还是以墨为主色为辅的。只是加重了用色量。到我这里墨就全给摒弃了。实践证明，只要坚持虚实与体积这个原则，纯色彩作画是完全可以成立的。

二、由八大山人作品谈及书画同源

"书画同源"的说法其实还不太十分准确。书画同源，什么是书法与绘画之源？准确地说应该是书为画源。前人有

"直从书法演画法"的认识妙句,正好证明了我的这一观点。如果一定要讲书画同源的话,那么最早的象形文字倒的确是可以作为书、画之源头的。

中国画自宋代文人写意画兴起以后,书画同源的真正意义就被理解成了以书法入画,并付诸了实践。那么我较真地说画从书源似乎更加直截了当些,更加准确一些。中国画成败的命脉是一根线。线质锤炼与提高的方法就是从书法训练、积累中获得,因此学习中国画不练书法是一件十分不可思议的事情。我不是耸人听闻地讲写不好书法也休想画出好画!可惜如今持和我同样观点的人却是绝少的了。我曾就关于中国画基础训练写过《永字八法与梅兰竹菊》一文,重点强调了中国书法与绘画基础训练的正确途径。但如今在学院苗圃式教学一统天下的境况下,我所坚持和崇尚的这一传统学习方法,也几近失传了。徐悲鸿讲"素描是一切造型艺术的基础"。以我的经验讲"但凡学写意花鸟画就是不能去碰素描。"因为角度不同,切入点也不同,方法不同,结果也不同。素描的修修改改、加加抠抠习惯是完全有悖于写意花鸟画落手无悔要求的!

从人物、山水、花鸟三科来看,直接可以把画当作字来写的就是写意花鸟画。因此写的意义对于写意花鸟画来说犹如生命一样重要。当然人物、山水也必须讲究"写"的意义。"写"

归根到底就是强调了书法用笔。即使工整如宋代院体花鸟，同样也要讲求作品中线条"写"的律动性。我崇尚宋代院体花鸟画的工整严谨，正是要把这样一种严谨带进自己的写意画中来。写意画看似粗放豪迈，但其中的严谨程度一点也不亚于工笔画。也是一步不到一步不了！只是这种严谨被处理在了看似的不经意之中。而这种看似不经意的严谨在使用"心思"的程度上，不知比工笔可以看得见的严谨要难上多少！

在当下，众人皆醉我独醒？自大了。众人皆醒我独醉？自卑了。但有一点我想提醒大家的是：不仅八大山人，凡古代好画家纵使哪天个个都不画画了，也仍然个个可以称得上是个好书法家。这一现象难道不值得当代画家们好好深思一下、借鉴一下吗？一切的一切，我想后人总归会来梳理我们这一代的绘画历史，好在对与错，优与劣历史终将会做出评判。

三、八大山人作品的影响

寒鸟瑟缩翻白眼，
危石立雀羽三翎。
唯有冷逸朱个山，
画坛奇绝绝古今。

只恨国破家乱零,

急盼满清大厦倾。

可叹锦绣老遗民,

哭之笑之画空林。

这是我前两年为追念八大山人所写的一首诗,前后基本写出了他大概的身世与绘画含义。各行各业但凡成就一个旷世奇才,原因总是多方面的。八大山人作品所有的造型、技术、结构等等,都是由他的身世、经历、学识而生发出来的。他的画与其说是画,还不如说是他的"话"。所以我历来强调学习前人作品,要透过他们的作品来用心用力揣摩他们的身世和生存态度。古人讲"师其心而不师其迹"指的就是这个意思。如果把握不好正确的研究、学习切入点,那么一切也就永远只会停留在浅表的层面上做无用功。

八大山人的作品应该是自他以后所有写意花鸟画不可绕过的参照点。所以他的绘画风格也绝不会是仅仅只对海上画派一家产生影响!

石涛有句形容八大山人绘画的诗:"墨点无多泪点多"。寥寥七个字便道出了八大山人作品的本质。存在决定意识,意识决定行为,行为决定结果。研究八大山人我们需要研究他完整艺术生成原因的深层因果关系,这才是正确的研究途径。

总之，我们在研究前贤们伟大业绩的过程中，研究分析他们作品的技巧只是一个初级的部分，而重点应该放在研究他们当时生存的社会背景、生活状态等由此而生发出来的审美习惯和审美语言之上。

2013 年 3 月

伟大的黄宾虹

黄宾虹是伟大的。他的伟大不仅仅体现在专业上的超水准，更在于他宠辱不惊、一门心思地沉浸在雄浑博大的艺术研究之中。人誉之、人骂之、人不屑之一概与他无关！这是一种精神，一种定力，一种信仰，而这一切都源于他令人由衷赞叹、由衷钦佩、甘愿崇拜的伟大品质与风格！

我经常会在寂静中沉思：人的一生有多少精力和学养？居然令黄宾虹先生在考古、绘画史、金石学、画法、书法、篆刻等等数来也令人头晕的诸多研究领域，取得令人咋舌的丰收。真的不可思议！而黄宾虹先生就是在不可思议处，创造了不可思议的伟大！

当我真正静下心来，企图对黄宾虹的艺术成就做一番探讨时，立刻就会产生出一种面对高山般的渺小与窘迫感。这不是出于谦逊，而是不由自主产生的学养与能力上的窘迫。要想全方位研究黄宾虹先生，这无疑是不自量力。那么在黄宾虹这座高山上撷取"一石一水"，两三个点来做出浅析，似乎不失为力所能及的好办法。

就绘画而论，黄宾虹先生在理论上提出"绝似绝不似""由生至熟易，由熟返生难"。而在绘画方法上他独识并运用的是"五笔七墨"法。仅从这三点出发，我觉得大体上可以做到管中窥豹式地探讨一下黄宾虹艺术成就的冰山一角了。

先谈"绝似绝不似"。

同样都是巨匠，齐白石先生对绘画的形象思维和造型手段，主张"作画妙在似与不似之间"。黄宾虹先生则主张"绝似绝不似"。实际上齐白石先生的主张是将绘画的结果控制在自然与心智嫁接的中心点上，从而达到历来推崇雅俗共赏的中和效果。而黄宾虹先生"绝似绝不似"主张的关键是：作画作为手工劳动，我们可以描摹自然，画得很像。然而其中手工的作用胜于自我心智。相反，绘画作为艺术，我们完全可以不必过分纠缠于"似"这个对自然起码的认识上面，我们完全可以借题发挥，充分运用我们的心智，赋予绘画深层次、形而上所表述的物象与自我生命意识结合以后内心世界的表白与裸露。概言之：黄宾虹先生"绝不似"论的提出，其实是强调了作者思想、意识、修养、审美的自我综合表达。

至此，我们站在公正的立场上做出相对理性的判断，就不难发现，黄宾虹先生对于绘画的"绝似绝不似"论，的确要比齐白石先生"似与不似之间"论高出许多许多。

也许仍然有许多人认为齐白石的观点更具有普遍性，但是我必须指出，真正的艺术创造是不带"为什么"的。大象无形，大音稀声。须知天地无形，然可孕育万物和生命！

越具体就越普遍，摄影最具体，也就最具有欣赏层面的普遍性。

因此，真正的艺术创造并不需要具有一般审美习惯的功能。恰恰相反，应该具有的是耐读性、启迪性、昭示性和前瞻性。这与高等数学、高能物理等等尖端学科一样，不需要也不可能人人都读懂。明白这样一个简单的道理以后，就不难理解黄宾虹先生提出关于中国画创作"绝不似"理论所蕴含的哲学理念了。说白了，中国画创作理念与佛学同出一辙，其根本是对自然与生命本质的深度认识。而绘画只是根据认识深浅程度以后的一种表述。

如果说"绝似绝不似"是黄宾虹对于绘画格调和精神具有总体纲领性意义的话，那么"由生到熟易，由熟返生难"则是他对绘画形象指出的一个转换蜕变过程中的又一个极大难点。

第一个"生"指的是不会，从不会到会叫熟。这里的熟不是成熟的熟，而是指熟练的熟。我们从不会画到熟练（会画），只是走完了一半路，如果这一半路是百里路之中的九十里路的话，那么要想走完后十里路，其难度远远超过前面的九十里。古人讲行百里路者半九十就是这个道理。黄宾虹先生讲"由生到熟易"其实是相对而言。前面的九十里不走个披荆斩棘，筋疲力尽，断然也是完不成这个艰难过程的。

前面九十里路固然充满了艰辛，但后面十里路，是"由熟返生难"的不可思议的过程。别说做到，就是听听也像天方夜谭，充满了矛盾的奇谈怪论。

由熟返生这个"生"其实是一种技法上的炉火纯青和境界上向自然和本性的彻底回归后所呈现出来的一个现象或符号。从而以自己的实践，真正阐释了天人合一的最本真的艺术真谛。是的，炉火至纯却不是红色，技艺至熟却会似不会。世上许多事情的道理经常会以反常的现象来加以佐证。而修行者的认识和觉悟决定了最终事业的成败。

黄宾虹先生以上两点论述属于理，而他的"五笔七墨"说，就是"法"了。无论我们从事哪一项工作，理行法随是恒定的规律。他强调的"五笔七墨"分别为：平、圆、留、重、变。这五种笔法从字面上来理解并不难。但是理解力又因人而异，所以尽管他总结并运用了一生的五种笔法，但用得最得心应手的人还是他自己。为什么这么说呢？这其实真的与各人的理解和习惯密不可分。就像每个人的语调、语速不尽相同一样，难求一律。所以学习前人重在明理。理为上，法为下。我们只能从其法中得到启迪，明白用笔的重要性。如果一味照搬，一是搬不了，二是搬来了也只是个黄宾虹先生的躯壳和影子。毫无意义！我在学习习惯上历来重理轻法，我想我是对的。

古人讲法无定法、有法无法乃为至法。就是这个道理。如果一味拘泥于"法"是学习中的大忌。

至于黄宾虹先生的"七墨"论，当然也是属于方法的范畴。他总结墨法分七种：浓墨、淡墨、破墨、泼墨、渍墨、焦墨、宿墨。基本上包含了墨色变化的各种层次。其可贵之处在于把古人虽然用过的方法总结成文字并晓以后学。

我们公认黄宾虹及其艺术成就的伟大，而其伟大的核心即是他治学、为艺的精神。这个精神核心中的核心就是他的"绝似绝不似"论。他用"绝似绝不似"区区五个字，道破了"常"与"变"的无尽天机！西方哲人狄德罗讲："现代精致是没有诗意的，真正的诗意在历经不变的原始生态中。"的确，黄宾虹先生的"绝似绝不似"论与狄德罗的"原始生态"论同出一辙，都是向自然与本质终点的回归。中国人讲返璞归真，其意无穷。

如今，当我面对画坛一边倒式的肤浅、制作和庸俗时，黄宾虹先生的艺术理论和艺术实践就显得尤为珍贵与伟大。黄宾虹是伟大的！他的伟大就在于把艺术还给了自然，还给了生命。

乙未清明

吴冠南　海棠　25cm×33cm　水墨纸本　2012年

东坡先生的情商

今年谷雨以后,我居然有兴致跑了近7千里路,由洛阳到西安经秦岭再折回河南。专门到河南郏县去瞻仰苏东坡先生和他父亲、哥哥及其他一些他亲属的坟墓。当然主要是冲着东坡先生去的。名人就是不一样,大名人更加不一样。死了千年,墓里怕骨头也早已腐烂光了,却能照样有人前往晋谒、瞻仰。

据说宋代凡是大臣去世以后,他们所葬的墓地绝不超出当时京城五百里路,以此表示死后也和活着一样,绝对忠君。苏东坡原籍是四川眉山人,死后如果按中国落叶归根的风俗,他就必须葬回到他老家去,这样一来在地理上无疑就超出了忠君的范围。所以苏东坡不仅把自己最后的归宿定在了河南郏县,还不惜背上"不孝"的罪名,把先他而亡的父亲苏洵的遗骨也不远千里运到郏县并永远葬在了郏县。即使惊动先祖亡灵为大不敬，他也在所不惜。

三苏坟周围宋柏森森，曲径幽幽，古风尚存。远远看去，苏洵墓居中，苏轼、苏辙墓分在左右两侧。坟头上不知哪个"苏迷"敬供的水果和"纸钱"等物被风吹得纠缠在了一起，很像一幅五色斑斓的写意画。

我坐在墓边的青石栏上，先想到这青石大概和那虬龙一般的古柏一样，怕也是宋代的吧？正呆呆地在思绪中时，忽然解说员的一句话钻进了我的耳朵："东坡先生当年来到郏县（苏辙曾在郏县任职）曾说过郏县很像他的家乡四川眉山。"我心想这个东坡先生也真有意思。因为他在我家乡江苏宜兴、湖北黄州以及其他地方也都曾讲过该地像他的家乡四川眉山。苏东坡情商超高！我在心里嘀咕道。

的确如此，东坡先生把他平生所到之处，大都奉上一句"像他的家乡"，这句话一出口，一下子便拉近了他和当地人在心理上的距离。呵呵！想想也对，中华本一家嘛。其实我们现在已经无法领略郏县当年的地理风光了。但如果以现在的郏县风光来与四川眉山相比，无论风物、气候、生活习惯等，实在相差太大了。由此足见东坡先生的情商非比寻常。再加上他的学识又超常，东坡先生当然就成了人中之杰的东坡先生。

我思量着，人生一世，如果有志想在自己的事业上取得大的成功，那么有两样东西是首先必须充分具备的：一、情商。二、智商。（当然品德，学问等修为也十分重要）此刻，我们不妨来读一读他富含情商的诗句吧："夜深只恐花睡去，故烧高烛照红妆。"《题海棠》。又："欲把西湖比西子，淡妆浓抹总相宜。"《题西湖》。试想，如果东坡先生缺乏情商，怎么会写出如此多情的妙句来呢？

　　当我在回望大宋朝东坡先生那个年代时，便可以清晰地看到：苏东坡先生一生情商与智商巧妙互补运用，才是使他的人生和事业迈向巨大成功的真正秘诀。

2015 年 5 月

林散之写的一张纸条

二十五年前的金秋,古城南京的空气里弥漫着桂花的香味。我怀着朝圣的心情前往拜访林散之老人。

林老耳背,大凡耳背者皆眼亮。那时老人八十出头,但纵使写小字也不用戴老花眼镜,且持笔恒定,落笔准确。什么叫功力?老人写字的入定神态与驾驭笔墨的超凡能力告诉了我答案。

因为老人耳背,凡与老人说话,老人皆听不见的。而老人又因缺齿,他说话,我也听不懂。老人听不见,我又听不懂,所以交谈只能靠写字互递才能弄明白对方讲话的内容。但却因为这一层原因,许多人包括我均能收藏到一些老人带有特定内容的书法手迹。

现在想起来这种交谈极有意义。在现场寂静无声的境况下交流，其意义在于通过交谈还能收藏不少有特别价值的老人手迹。

在我所收藏的几张老人的手迹中，有一张内容很特别，正因为其内容特别，几十年了，我至今尚能背诵如流。我去那天，老人前两日才从北京参加活动归来。所以谈话内容自然会谈到北京之行。当我一提到北京，老人马上一脸不悦，立刻写一纸条答我曰："北京不敢去了，吓得跑回来了。书画是清净之道，现在搞得恶气冲天！"我当时只从老人文字中知道老人对北京之行的遭遇有所不满，但不好意思追根问底究其原因，怕再让老人不快。后来才在他学生那里得知老人的不快与反感大约是因为参展作品中的泛泛之作，鱼龙混杂；更是因为合影时的"争座位"百态，以官衔儿大小，从中间向左右排开，而居然忘记了因腿脚不便的林老。把他冷落在一旁，无人顾及。

现在回想起来，八十多岁的老人也真是书生气十足，这些几成惯例的做法，居然气得老人"不敢再去北京"。是的，您老书法最好，居中位置却是与您老无关的呀！艺术界不讲艺术的"排座位""抢座位""争座位"已不顺理而可成章。可惜林老在世时未能写一本现代"争座位"帖以立此存照，传警后世。

2007年8月

中国画理法的航标
——纪念吕凤子先生《中国画法研究》发表五十周年发言稿

理与法，理论在先，方法在后，有理论才会更好地指导实践。这是普遍的道理。

今天，我们怀着崇敬的心情来纪念吕凤子先生《中国画法研究》发表五十周年，对于当下梳理文脉，如何正确地继承和发扬民族绘画的优良传统，具有非常积极的指导意义。

也许是缘分，20世纪60年代初，我在弱冠时就有幸拥有并拜读了凤先生的这一经典著作。至今我仍然珍藏着这一本薄薄的、但分量千斤的不朽著作。也可以说，凤先生的这一本著作是最早引领我步入绘画正途的航标！

在20世纪初乃至上溯到鸦片战争以后，中国画就遭到了前所未有的责难与伤害，对民族传统绘画的质疑似乎成为一种时髦。更令人发指的是20世纪五六十年代甚至有一伙人叫嚣

"取消中国画",把欺宗灭祖之徒当成了革命的英雄。至今回忆起那段乌云翻滚的中国画坛,仍不禁使人感到胆寒!

在这样一个绝不安定的年代,凤先生以渊博的学识、正直的胆略写出了《中国画法研究》一书,无疑是对这种浊浪的迎头一击。

《中国画法研究》以三篇六章分别对用笔、立意、为象、写形、貌色、置阵布势做出了由古至今、由浅入深的精当分析和指出学习方法的正确掌握与发挥的具体方法,并着重强调作者心理与熟练技法的妙合与表达是绘画的正途。

尤堪牢记的是凤先生在谈到用笔问题时,除了强调用笔的重要性外,同时又告诫我们不能走入为笔法而笔法的"卖弄"歧途,这充分体现了凤先生在绘画中运用的辩证思想。而在全书的三篇六章中,对用笔、立意、为象、写形、貌色、置阵布势以及书法对于绘画的重要性,都有着精深的分析与独到的见解。

我们永远也不能忘记凤先生倾其所有创办了"丹阳正则艺专",以渊博的学识、精妙的艺术、正直的人品,以身作则,身体力行。为培养中国有志于民族绘画的学子,为民族绘画的发展所做出的巨大贡献!

遗憾的是由于凤先生一生淡泊名利及各种其他原因,致使我国美术界对凤先生艺术的成就与贡献，一直没有得到应有的重视和发扬。

凤先生是他那个年代的画家中人品、学养、技艺全面优秀的代表人物。他为我们今天提倡回归传统，重视文化事业的建设做出了今天乃至永远的榜样。

2011 年秋

不朽艺术，一品风格

——怀念花鸟画大师陈大羽先生

    1982年的秋天，石头城像浸在时时袭人的桂花香里。那天因为有了朋友的引荐，我得到去拜望名满天下，仰慕已久的大画家陈大羽先生的机会。那种期盼、渴望与兴奋的心情，是无法用语言来形容的。

    那天下午，我带了些自己大小不等的册页、小品，就直奔陈老家去了。没带丝毫礼品，那时我很穷，连上一趟南京的费用也得节约几个月的时间。我只带上了我虔诚得近乎拜佛一样的心。当然，像陈老那样的大艺术家，如果当真带上些礼品什么的，说不定反会受到他的鄙视。是他的品格让我过后这样想。

    那时陈老住在一幢楼房的二层，是在南京的什么路上，我已经记不清了。一路上我本来钦佩、仰慕、激动的心情，在越接近陈老家时，心情变得越紧张与不安起来。陈老是声名卓著的花鸟画大师，而我只是一个从小地方来的业余绘画爱好者，没有师承，更没有受过美术学院的训练，也不知道自己所走的路子对不对，方法正确不正确。陈老他会接待吗？会看我的拙作吗？一切均是在未知之中。待到了陈老门前，友人敲门，应声来开门的是师母。因友人与陈老夫妇很熟，所以进门很顺利。进门后友人径直把我领进陈老画室，对陈老指着我说："这是从宜兴来的吴冠南，喜爱画花鸟画，是来向陈老您求教的。"陈老对我稍作打量即爽快地讲："好，看看。"于是我捧上我的"作品"，捧画的手是颤抖得很厉害的，心都仿佛跳到了胸外。当时那种紧张、不安的状态，我想一定是很难看的。

令我又惊又喜的是，陈老一边看我的"作品"，一边点头，夸我"有才气，画的不错"。看完后陈老对我说："你湿笔用得多了些，画中国画讲究'宁枯勿湿'，可在以后作画中略加注意。"其中还讲了许多技法上的要求，最后还对我讲："学画不宜求脱过早，你学吴昌硕，路子很对，学扎实了再慢慢脱出来。"陈老这一席不长的教导，真使我终身受益！得到陈老如此器重与指点，我当时的心情绝不亚于"范进中举"。

待陈老看完我的"作品"，我友人对陈老说："能否请陈老作为勉励为我题几个字。"陈老痛快答应，立即在我的一件荷花小立轴的诗堂上题了"清新可喜"四字,且在跋文中还有"因书志佩"的文字。得到陈老如此天赐般的嘉许,我激动得手足无措,连一个谢字也讲不出来了。看毕,题毕。陈老好客地叫我们小坐,趁友人与陈老说话的间隙,我环顾了一下陈老的画室,书满屋、画满堂,好一番书香气息,置身于陈老的花鸟世界之中,令人陶醉。

因不便打扰陈老太久,我们起身告辞,此时陈老对我讲:"你在宜兴小县城能画到这个程度,很不错的了,我看适当时候你可以来南京搞个人展览。"我答:"我真没奢望过。"陈老又讲:"你画得很好,应该让大家看看。"(就因为有了陈老的建议,才有了翌年在南京举办的我这辈子的第一个作品展览。)陈老送我们到楼梯口,忽然又想起了什么,问我"你的画为什么画得那么小?"我如实回答陈老:"我买不起太多宣纸,这些画大都是从画坏了的大画上把空白处剪下来画成的。"陈老听后喃喃道:"你们年轻人也的确不容易。"陈老旋即叫师母拿出一刀四尺净皮宣纸塞在我手中,并说:"你先用着,以后没有时再跟我讲。"这一刻我已被陈老这种怜惜后学、平和慈爱的一品大师风范感动得眼含热泪、哽咽无语了。

如今近三十年过去了,在"物欲大横流、无才却摆谱"的今天,陈老给我的题字仍挂在我画室的座右,日日相对陈老手迹,时时思念陈老伟大的艺术,高尚的品格。这种真诚的感动和怀念将会伴随我的一生。

2011 年元宵

不随俗流 独领新风
——记吴冠中先生二三事

也许是对故乡的思念.也许是宜兴水乡特有的粉墙黛瓦、疏柳飞燕等等那种诗一般的、独具形式美感的本质风情对吴冠中先生的吸引,或者二种情愫都有的缘故,20世纪70年代末到80年代初,他经常回故乡宜兴写生。作为离乡多年的艺术家,在全力创造绘画形式美的实践中,他最终发现家乡的水乡风貌中,那种粉墙黛瓦的黑白对比以及赤橙黄绿四季变化的自然色彩.这一切的一切,其实正是他在艺术创作中对于作品形式美感追求的源泉所在。他虽然离开家乡多年,但家乡在艺术创作中对他"形式美"灵感的启迪,似乎又让他回到了生他养他、魂牵梦绕的原点。

童年的记忆是一种纯真朴实的记忆,是终身难以忘却的记忆。故乡的一房一舍、一草一木与他艺术创作中的追求,原来是如此的难舍难分。

我只是短暂地见过吴冠中先生一面。而在那次不长的交谈中，他讲到的两件事，至今让我记忆犹新。

其一，他讲到了"文革"过后恢复招收研究生制度，他所在的中央工艺美术学院让他带"文革"后的第一批油画研究生。而在最后面试时，吴冠中先生用了一招绝对特别却又不乏高明的面试方法。他让进入面试的几个学生，用他的画笔，每人画一笔，只许画一笔。学生依次画完后，他当即决定录取了后来成名的女油画家钟蜀衍。

这种举动无知者以为怪异，知者非但不以为怪，反而会钦佩吴冠中先生选拔人才独到的见识与修养。因为画虽一笔，足见性灵。中国画创作千笔万笔，始于一笔。这正与老子"一生三，三生万"的哲学思想相合。在清代初期，大画家石涛就曾有"一画"说传世，他认为画出一笔，万笔相随相生，这是艺术创作的规律。也叫一笔既出，笔笔相生。由此看来以一笔论画并非吴冠中先生独创，但以一笔取才，吴冠中先生却是开了历史先河。

其二，他对我讲："画要写、字要画。"确实在中国画创作中，作品技法要带有书写性，而书法又须带有绘画的趣味性。这一创作要求随着历史的变迁，重视并付诸实践的人已成凤毛麟角，而吴冠中先生原先是留学法国，以油画家身份进入艺术界的，但他却能如此深入地理解中国书画，这在中国美术界确是少见的。这与当年林散之先生要求他的学生要学点绘画，至少要懂点绘画的观点与方法完全同出一辙。而吴冠中先生讲得更直接、明了。

中国书画历来就有"书画同源"的说法与要求。而中国文字的起源就是画出来的象形文字。所以书法与绘画在本质上是完全一致的。

其三，吴冠中先生毕生致力于"油画民族化""中国画形式美"的探索与实践。在美术界独创新法，独树新帜。他的学识与秉性注定他在这一领域会取得异于常人的、令人瞩目的成就。吴冠中先生一生耿介刚直，因此他一生最崇拜鲁迅先生的"硬骨头"精神。他对美术界乃至文化界存在的诸多弊端，敢于直抒己见。其中最有代表性的意见和建议是"取消协会，取消公办画院"。他认为国家完全没有必要用纳税人的钱闲养着那么多"穷庙富和尚"及"不下蛋的母鸡"。他出于公心、直击弊病的呼声，为我们国家文化艺术界的体制改革，提供了足可参考的建设性版本。

吴冠中先生的前瞻意识与渊博学识以及虔诚对待艺术的科学态度，在物欲横流的当下显得尤为珍贵。我们可以在他一生的许多闪光点中领悟到治学和做人的准则。

　　值此吴冠中先生诞辰九十三周年之际,应宜兴政协之邀,聊记点滴作为对他的追忆与纪念吧。

2012 年 4 月

吴冠南　双勾设色荷花　45cm×45cm　水墨纸本　2015 年

婉约瑰丽　出古入今
——赵跃鹏花鸟画浅析

　　花鸟画发展到宋代就像诗歌发展到唐代一样，形成了一座无法逾越的高峰。即使是宋代佚名画家的花鸟画作品，也足以使后来的花鸟画家们汗颜和自叹弗如。但尽管如此，无论是诗歌还是花鸟画，也绝不可能因为有了高峰后人便望而却步，而不断变化、发展才是一切事物得以永远生存的规律。因此花鸟画的发展自宋代以后（也可说是同时，如苏东坡、文同等的出现），就有了文人写意画法的创造。而格律诗的发展变化，就出现了长短句——词的创作形式。另辟蹊径，成了借鉴高峰并绕过高峰继而再创高峰的唯一途径。

　　赵跃鹏的工笔花鸟画作品，是在对宋代工笔花鸟画的内在语言和外部表述风格做出深度研究探索所取得的属于当代的自我的一种绘画风格。他的花鸟画作品在有意或无意间，成为近五十年以来对宋代工笔花鸟画的最准确的继承者之一。而在其前面，据我的立场来判断，仅有于非闇先生一人，我并不是说除了于非闇、赵跃鹏就没有人在继承宋代工笔花鸟画，事实正相反，学的人很多，但真正对宋代工笔花鸟画研究透彻的人却是寥寥无几。须要强调的是：宋代工笔花鸟画不仅仅只有工整、艳丽，而其中对线条勾勒律动的讲究，对描绘对象形象与色彩的适度夸张以及画面总体文化意义的把握，是无与伦比的。古人云："山水取景、花鸟取情。"而这个"情"字在花鸟画创作之中就成了一个最难解决的点！"一枝一叶总关情"，问题是怎么个关法。这与画家的整体文化素养积累是密不可分的。如果说"情"是宋代工笔花鸟画的文化、精神主旨，那么宋代工笔花鸟画技法层面上与宋以前及宋以后有什么明显的区别呢？于非闇先生曾做出过总结性的分析："工笔花鸟画，唐、五代重瑰丽，宋人尚骨干，元人矜逸态。"也就是说宋代工笔花鸟画是崇尚和讲求骨法用笔和画面形象及画面整体结构的。这说明宋代工笔花鸟画与唐、五代的工笔花鸟画相比较，除了富丽堂皇以外，更注重画面语言与技法的完善性，这不能不说是宋代工笔花鸟画的一个进步！我们把宋以前的工笔花鸟画与宋代的工笔花鸟画做一比较时，并不难发现其中的区别。尤其是宋代工笔花鸟画在线条勾勒上起讫、转折、律动的书法性追求上，已经比宋以前的线条勾勒有了质的区别。

因此，我们在欣赏、解读赵跃鹏的工笔花鸟画作品时，不仅可以明显看到其勾勒形象、形式结构上与宋代工笔花鸟画的关联，而且在用色上、营造画面氛围上也同时具备了唐、五代工笔花鸟画的绚丽与元代工笔花鸟画的雅逸风貌。也就是说赵跃鹏的工笔花鸟画作品是以宋代风骨立足，而又上接唐、五代；下连元、明的多种绘画要素，尔后又逐渐形成了自己入古出古、文雅、婉约的艺术风格。这种成果的取得源自画家自身的文化积累和对事物的感悟。在当代画坛看似热闹的情况下，我们无法否认大多数人对传统文化艺术理解、继承上的漠视，曲解与无知。继而对于描绘对象的入微观察被走马观花所代替；对于描绘对象的写生了解与对话被照相所代替。而关于画家与物体之间的心情契合，相互交融，则被嘲笑成"迂腐"。由此，粗制滥造、凭空捏造就逐渐形成了"风气"。我们当然无法期望在这样的学术氛围下再出现彪炳千秋的历史巨作《清明上河图》《杂花图卷》……就注定只能成为千古绝唱！但恰恰，今天赵跃鹏对于传统的理解与继承成为"无独有偶"这句话的最好注脚。

同样赵跃鹏另一路兼工带写的花鸟画，对于用笔、用墨、用色、用水之讲究，直逼元、明花鸟画风韵。一点一画、一波一折、尽从本直中流露出来，拨人心弦。使得画家本人与花鸟对话的真切语境在画面上充分表达出来。郑振铎曾评任伯年云："他用打动过自己心灵的景物描绘出来，再去打动别人。"这一点恰恰是对画家创作的最高要求，当然也是最难做到的。所谓常说的"心灵迹化"讲的就是这个道理。这谈何容易？由此让我联想起当代的音乐作曲，由于缺乏生活，缺乏真情，当代音乐再也无法像20世纪五六十年代的音乐那样打动人心。一曲《我们走在大路上》可以唱得人热血沸腾；一曲《红梅赞》可以唱得你热泪盈眶！无论在艺术性、现实性、经典性上都无法相比。同样20世纪五六十年代画家们的作品感染力也非同一般。齐白石的《荷花蜻蜓》、石鲁的《转战陕北》、傅抱石的《镜泊飞瀑》等等。一句话，如果说20世纪五六十年代的音乐、绘画作品是主动的，饱含深情的话，那么与之相比，当代的大部分音乐、美术作品则是被动的、麻木的、假大空的。

纯水墨兼工笔写花鸟画是赵跃鹏的另一件"法宝"，在这一类作品中，赵跃鹏更是将自己对传统的理解和对现实的感悟，通过笔墨发挥到了极致！赵跃鹏在纯水墨作品中做足了黑、白文章。一黑一白，乾坤缩影，一阴一阳，生命缩影。中国纯水墨画中所蕴含的哲学意义、生命意义比起其他画法来，显得更纯粹。仅此一点也是全世界任何视觉艺术所难以企及的绝对高度！同时中国水墨画的又一种神奇之处是由淡墨或题字、印章所组成的灰调，自然而然地、不露痕迹地起到了黑、白二极的中和作用。对这一切画面效果与创作技法的把握，赵跃鹏训练有素、烂熟于胸。因此每每在他握笔运作时一招一式，尽在不经意中向人们充分传递着人性、物性的本真以及历史文化与时代审美最深刻、最真实、最美好的一面。

在当代大多数绘画文化失落、技术失落的窘况下，赵跃鹏现象的出现，使我重又看到了中国画传承发展的希望。事物发展的规律本来就是这样，没有继承哪有发展？我们必须反对以多元化、创新为借口的无知胡为，我们必须立足于民族文化自身发展这个基点之上。这一个问题，赵跃鹏对艺术的追求以及对自身人品的修炼已经为我们做出了回答。

2006年7月于老藤花馆

北鱼的画

北鱼季酉辰是我很推重的画家之一。

我与北鱼只见过一面。虽然很早就知道他画得好,但是我对他的了解至今仍然在书本上。

那年他随怀一、于水来舍下玩,他给我的印象是讷于言的一个谦谦君子。

中医养生讲"缺什么补什么",特别有道理。看北鱼其人温文尔雅,于是他作画便灵动奔放。把他的画与他的为人外表比较起来,正好相反。"缺什么补什么"讲讲简单的一句话,真要做起来是比过古蜀道不知要难上多少倍的。要做到这一点,必有天生潜质的人才行。不然一乱补就坏事了。

北鱼作画,笔墨就不用多讲了,已经纯熟到了随心所欲,下笔成章,落墨即妙的地步。造型也不用多讲了,凡形皆姓季。仅这一点就如何了得？他作品中含严谨于松灵；经意于不经意；荣华于枯湿；刚健于婀娜；聪慧于潦倒等等。在各种矛盾的交汇点上，北鱼均做足了文章。绘画之道也唯如此，方堪称之为好画。由此可见北鱼的画是当代不多见的好画之一。

再值得一提的是北鱼的书法。北鱼字写得好。不唯好，他的字写在他的画上就成了他画上一个不可割去的部分。这就更难了，能做到这一点的画家过去多见，如今是少之又少了，甚至连知道这一点的人也少之又少了。

看或评好画家的作品，不能单从技法上去谈，画了一辈子若还谈技法云云，就像把大学生退回了幼儿园。所以我谈北鱼的画不谈技法，若仅仅于技法来论北鱼的画，则是对北鱼作品高度、深度的贬低。我赞扬并钦佩北鱼驾驭画面的能力和他作品中所蕴含的心力与学力。

我有时就像北鱼画中的猫儿，时时在"偷窥"着古今的好画，北鱼也在我"偷窥"的视线之内。于是我在这种"偷窥"中也得到了不少作画的启迪。

2012 年 5 月

知则成　成则通　通则久
——说说怀一的绘画

我说，怀一天生一副从容淡定、宠辱不惊的样子。古琴一曲悠悠荡荡的《广陵散》就犹如是怀一的造像和名片。

有大智慧的人会把任何事情永远都控制在一种不急不躁，不愠不火，心理恒定的状态下，取得最完美的结果。如《三国演义》中刘备带上他的兄弟关羽、张飞到卧龙岗拜见诸葛亮，求诸葛亮出山帮助他夺江山。诸葛亮则故意高卧不见。把个猛张飞惹急了，破口大骂不算，还扬言要烧了他的茅堂。诸葛亮心静如水，依然困他的觉。后来总算遂了刘备的心愿，出山为刘备争那他早就料定的三分天下。

最能代表诸葛亮把一切事情控制在不动声色中来完成的例子如：草船借箭，诸葛亮仅用数只草船，几声呐喊，就无偿得到了箭镞百万支。他一句话也没讲，在他那柄从不离手的羽扇轻摇两下之中，就把个自负的周郎，送进了阴曹地府。讲句实话，并不是诸葛亮想要周瑜的命，反而是周瑜忌才，对诸葛亮起了杀心。周瑜对诸葛亮是羡慕、嫉妒、恨。他不知道才不可比，可他偏要比个高低，却又屡比屡败。最后终于在"赤壁之战""取南郡""甘露寺"三次较量中，自己要了自己的小命。这个情节在戏文中叫"三气周瑜"。又如；一座空城、一张古琴独自一人，我戏称其为诸葛亮的"三个一"工程。他心平气和，声色不动，玩儿一样就吓退了司马懿的十万大军。最后就连他在"五丈原"将死的时候，还是声色不动就安排好了除掉大将魏延的最后工作。

诸葛亮一生所做的大事都是在不愠不火，不急不躁那种衡定情绪状态下完成的。所以说诸葛亮是个有大智慧的人。从诸葛亮的身上可以看出，但凡有大智慧者，一般都是在含而不露、不动声色中创造出奇迹来的。当然万物也皆有其局限，诸葛亮是帅才、军事家，不是万能家。

武怀一就是个有大智慧的画家。从认识他的第一眼起，我就这样认定了。他不诈唬，不张扬。含而不露、笑而不答，他不大会轻易张口去说"张家长、李家短"这些俗事。他肯定不损人，同样也肯定不会轻易表扬人。关于艺术，在他心里设定的标准高着呢。一如他的绘画，总是在安静平和中独具智慧，屡出奇迹。所以看了他的作品，常常总会让我心跳。

花开了，花落了，云卷了，云舒了，一任自然变化。怀一显然对这种简单又不简单的自然哲理，是深谙于心，时付于行的。

《黄帝内经》中，"岐伯曰：请言神。神乎神，耳不闻，目明心开而志先，慧然独悟，口弗能言，俱视独见适若昏，昭然独明若风吹云，故曰神"。这是一个修养达到一定程度以后的"志先"现象。"志先"是什么？这在佛家讲来，就是由自己觉悟以后建立起来的内心意识。通俗点讲也就是以自己的智慧，去顺应自然的一切规律。一旦做到了，"神"也就圆满通达了。所以《黄帝内经》里所讲的"神"，是不单指精神的。

言行，品格一任自然，不是靠装出来的。这除了后天的修炼外，先天悟性很重要。中国传统绘画中粗笔画要达到如"浑金璞玉"的程度，算是至高境界。粗笔画相比细笔画容易处理一些，但也非常难。而细笔画也要做到如浑金璞玉，又不失珠圆玉润谈何容易？

怀一的画不是大写意，也不是小写意，也不是工笔。怀一的画是他心智对应自然的"写意画"。通常我们讲的"心画"一说，与怀一的画正相合。他的画一如雪盖寒梅，悠悠地，静静地暗香时传，直叫人在袭袭暗香中醉去。在他的作品面前,至少我有这样的感受。郑振铎评任伯年画的一句话讲得很准,他讲"任伯年是把打动他的自然景物画出来,再去打动别人"。我想这也正是怀一作画的初衷。

我本身是偏好如青藤一路大写意画的。其实画不分风格,只在精妙。粗也罢,细也罢,全在做到极致。只要达到极致了,就都是好画。

《项穆论》书云:"圆而且方,方而复圆。正能含奇,奇不失正。会于中和,斯为美善。中者也,无过不及是也。和者也,无乖戾是也。"这是对书法也是对绘画形质的精妙论述。我看怀一的画体现的正是这种精神。怀一人物、山水、花卉等什么都画。

他画上的技法与内质,全部被他统一在了"会于中和"这样一个至高的境界之中。这里顺便再带一句,怀一不唯画好,他的文章、书法和他的绘画水平也是同步的好。

中国的书画艺术最后向"境界"层面的提升,取决于对传统文化艺术的切进深度。布袋和尚有首诗写得好:"手把青秧插满田,低头便见水中天。心底清静方为道,退步原来是向前。"这其中哲理的确值得我们深思。由此可以看出,中国画回归传统其实是以退为进。而借西法改良中国画其实是以进为退。因为这里面包含了不同的文化背景与文化规律问题。规律一旦乱了，结果也就可想而知了。人的健康身体是源于生理规律不乱，生理规律一乱，得的便是绝症！

行文至此，我也顶怕落下个"吹捧"的嫌疑。其实我在讲述怀一与他作品的同时，更多的是借说怀一而阐明艺术创作的一种智慧、一种状态、一种现象和一种规律。我认为这一些才是我们需要用心去记取和把握的关键所在。

弘一法师讲："见我字，如见佛法。"我借他的这句话来结束本文。

癸巳小暑

吴冠南　九秋艳绝　25cm×33cm　水墨纸本　2012年

吴冠南　凤仙花开　25cm×33cm　水墨纸本　2012年

倦翁诗稿

题徐青藤

青藤奇风采,绝世癫狂才。
掷笔惊魑魅,泼墨吐块垒。

疾恶如仇在,气壮神难追。
醉后歌还哭,涂画不剪裁。

题八大山人

寒鸟瑟缩翻白眼,危石立雀羽三翎。
惟有冷逸朱个山,画坛奇绝绝古今。

只恨国破家乱零,急盼满清大厦倾。

可叹锦绣老遗民,哭之笑之画空林。

题吴昌硕
秃笔一支走虬龙,老来画花花更红。
篆籀入画标新异,风格卓绝说缶翁。

访西泠印社偶得
西泠有洞小龙泓,访贤不见拜灵洞。
篆刻有社传印学,一佛独坐乃缶翁。

读黄宾虹山水册
七笔五墨欺造化,神工鬼斧出图画。
千嶂湿尽妙泼水,有法无法宿墨法。

折股钗劲勾古舍,屋漏痕迹画雨山。
熟后返生说真谛,绝不似论欺荆关。

读白石画集
春花画罢画秋实,古藤绕石曲还直。
不似之似君一论,蹊径独辟齐白石。

白石工虫

忽闻虫鸣问萍翁,萍翁不答指画中。

天赐一支造化笔,心思巧裁夺天工。

题潘天寿

笔力可扛鼎,用指如用兵。

抹出铁铸山,写出花似锦。

构图胜布营,泼墨飞落英。

造险又破险,奇绝笑古今。

秋游

满山枫叶穿红衣,小涧流泉迸珠玑。

空山无人花自放,好鸟和鸣对对飞。

游玉女潭坐宋代紫藤花下

古藤千年树,紫云堆万朵。

闲坐话青帝,隔雨听鹧鸪。

中秋遇雨无月题赠夫人
雨帘遮明月,心圆月自圆。
吾画昆仑奴,相守说前缘。

清明节所见
嫩红有约春风知,花发清明正当时。
和风送暖斜阳里,燕子穿花带香飞。

辛卯中秋夜赠怀一
怀一轮月,饮百杯酒。
落千点墨,写万仞山。

辛卯中秋夜赠林海钟
明月照大漠,沙海息惊涛。
心静听海钟,石窟千佛笑。

伤春
坐伴残花叹春去,花我无语期相许。
万物本来多轮回,宿缘不尽情成渠。

六十生辰自题

春花秋月六十度,曲而不屈殊坎坷。
幼年衣食仗父母,而立之年妻相扶。

半生落魄风雨多,修得晚香众芳嫉。
我性清高心无浊,一生但爱翻墨波。

观荷

年年访荷六月中,今又轻舟载倦翁。
满眼绿叶覆碧水,最喜小荷乍露红。

秋园访菊

小园黄花三二丛,我拜老菊菊动容。
任尔霜欺瓣不落,冷香自放笑西风。

家园所见

山石参差绕古藤,迂回卷曲实通神。
万物本来凭造化,不雕不琢露本真。

画梅偶得

疏枝横斜着粉花,三朵二朵淡愈佳。

留香不住春心在,画中长开不败花。

鸟飞入林有悟

红鸟双飞入绿林,但见叶动不见形。

最难心思藏不露,一二三声听和鸣。

自题

粗服乱头画荷花,天机泄露夺造化。

作画偏作野孤禅,临帖不临淳化阁。

暮春有感

莫怪花影渐朦胧,花败不怨三月风。

怎奈春去留不得,且将乱笔点残红。

题凤仙

新绿夹嫩红,悠悠沐熏风。

风动尔亦动,羡煞白头翁。

题画牡丹

老夫运笔坦荡荡,忘形泼色实癫狂。

为留香气满华堂,得意画此花中王。

赠夫人

时令今入七月七,粉白嫩黄看凤仙。

经得风雨花开后,平和相守不羡仙。

题牡丹初放

烟雨多供养,一夜春蕾放。

喜得东风巧,吹开古玉香。

一展压群芳,花中称大王。

惹得鸟乱啼,引来蝶飞忙。

游沈园所得之一

百里寻芳不畏远,老夫策杖到沈园。

墙上读罢《钗头凤》,却怪放翁惹尘缘。

游沈园所得之二

沈园芙蓉初展艳,相扶相依到月前。

放翁唐婉随风去,千年情恨沉双井。

自题

六十老画翁,年来愈癫狂。

写春春不老,花开开永年。

题蜡梅

白雪寒光,色淡花放。

丹心独笑,惟吾冷香。

自题

一生走笔忘暮晨,不追形似追精神。

心思巧构欺天意,石兮花兮两不分。

春园所见

才见杜鹃展猩红,又见芭蕉生新绿。

芳经三月花满眼,燕子飞过李花落。

题菊

雁啼长空有声,月下西山无心。

老圃独坐淡空,为花着色痴情。

吴冠南　双勾设色芙蓉　45cm×45cm　水墨纸本　2015 年

魂兮归来
——现代中国画衰败之思考

西方三流艺术真正名正言顺地"入侵"中国，乾隆朝的郎世宁当之无愧。这位西方游医、药贩式的所谓艺术家，以其照相机功能式的画儿，顺利地在中国堂而皇之地充当起了大清王朝的宫廷画家和艺术传教士。从而逐渐使本民族自上而下造成了艺术审美上的偏离和对本民族文化艺术信任度的逐步降低。因此自从乾隆皇帝遇见郎世宁和他那不中不西的画儿起，便开始对其赞赏有加并赐召为内廷供奉，乾隆对郎世宁喜爱的程度，绝不亚于清朝末期慈禧太后对照相机的喜爱。如果说郎世宁的个体推销"伪劣产品"与三流艺术说教尚未掀起大浪的话，那么鸦片战争以后，尤其是20世纪二三十年代逐步兴起的出国学艺热潮，一批又一批中华学子远渡重洋，纷纷涌向西方虔诚地做了西方"科学、客观"绘画的俘虏以后，归来就把郎世宁未能做大的"事业"推到了顶峰。当然这种"学西济中"的初衷与热情也许值得赞许,同时我们也不否认西方素描造型的方法对中国人物画造型上带来了新的拓展。然而中国画创作"以形写神"的原则与笔墨书写性等技法要素,却完全丧失在了准确造型的"虎口"之中。比比皆是的水墨素描人物画自此后就占据了中国人物画的"大半壁江山"。这就像我们从西方捡回一块石头,却丢掉了自己的一块传世瑰宝。准确造型对中国画笔墨制约的弊端,时至今日已被越来越多的人所认识。中国著名油画家苏天赐在一次听吴冠中讲课时曾对他的学生说:"吴冠中他不懂中国画,别听他瞎说。"其实吴冠中的许多观点恰恰代表了他那个时代大部分留洋归来画家的观点。那个时代这批学子们是在对本民族艺术一知半解或一无所知的情况下冲向西方的,他们就像一张白纸一样,涂什么颜色就接受什么颜色,(十几岁、二十几岁只能是这样)是人生可塑性最强的时期。因此,西方"科学、客观"的艺术作品就像一束巨大的光电,瞬间就将这些毫无鉴别力和"免疫力"的青年人完全击倒在了西方艺术的"神坛"下。从而使这些东方学子们从思想到行为都烙上了终身无法抹去的"西方艺术皮毛"印记。如果仅此,那还算不上是什么危害,因为个体艺术观念的扭曲变形还不足以影响到中国画的正常传承轨迹,而其危害在于这些学子们归国后大都又回过头来画起了中国画，教起了中国画。这样问题就变得严重起来了，他们本来就对中国画一知半解，而对西方艺术又因学习时间短，积累又不够，也仅略知皮毛，无知加皮毛的中国画在他们手中诞生，并且又教给了他们的学生。就在他们对中国画的理解还仅仅停留在文字上时，一代一代的学生就从他们的手中毕业。这种现象最具代表性的画家是林风眠，而林风眠下一辈中最具代表性的画家是林风眠的学生吴冠中。

一种状态会形成一种风气，一种不好的风气就会害到几代人。当这种风气强大到可以左右中国画坛时，中国画在劫难逃便变成了定局。当这些从西方学后归来者中的佼佼者还逐渐掌握到权力，并因各种原因成了"权威"以后，这种以误传误的方式就会被几何级放大。他们影响了他们的学生，学生又影响了学生的学生，这有点像一阵"多米诺骨牌"，一倒二、二倒三、三倒万。其中如果还有些清醒的"多米诺骨牌"，想从跌倒中再爬起来时，也已经是"伤痕"累累，积重难返了。以致造成了今天许多所谓高级别展览活动，一流作品落选；二流作品入选；三流作品得奖的反常现象。艺术本质的错位造成审美的错位乃至鉴别的错位，这是一种莫大的悲剧！这无疑是一个可怕的连环反应现象。对中国画艺术本质上的无知、漠视与否定,发展到当代似乎已经谬论变成了真理。从康有为的"改良中国画"到徐悲鸿的"中国画不科学、不客观";从艾青、江丰等人的"取消中国画"到吴冠中的"笔墨等于零"与"拆了围墙"论等等,一浪高过一浪地伤害、摧残着中国画。所有这些论调在以后很长一段历史时期,将会像游魂一样干扰着中国画的正常传承与发展。

我们并不反对借鉴西方艺术,但我们反对从精神到技法照搬式的"借鉴",我们反对"拿来主义"!我们不能以损害民族文化利益为代价,来做所谓"走向世界"的愚蠢游戏。我们应当看到当西方艺术发展到后现代时,其艺术思维方式才渐渐靠向中国的远古艺术。以此推论,中国学院式艺术教育完全套用西方艺术教育模式,无论什么画种一律以同一种模式训练,一代重复一代,就像"传染病"一样来培养着中国画家,其后果就可想而知了。由此看来,中国的学院式教学几乎就成了断送了中国画的摇篮。美国芝加哥美术学院教授、著名艺术批评家詹姆斯·埃尔金斯曾说过这样的话:"徐悲鸿是中国的坏画家,他把西方非主流绘画拿到中国来教学。"(注意詹氏用了"拿"字,拿不及贩,贩尚可能有所变化)"林风眠的画除了少数两幅具有中国情调还能看看外,其他都很差。"当典型的西方艺术家用这样一种口气来评价中国最具代表性"从西转中"

的画家（权威）时，我们还企图狡辩什么呢？不是我狂妄，我在十几岁时就曾认为林风眠的画"既不靠中，又不靠西，其目的是想从讨巧中创新中国画，然而由于中、西皆涉不深入，积累有限，又急于制造出一种个人风格来，结果就变成了两头不讨巧的"怪胎"。比起林风眠来，徐悲鸿则要高明得多，虽然他倡导了"拿来主义"式的美术教学模式，并且已经影响了中国艺术教育半个多世纪。但徐悲鸿本人对中国民族文化艺术的尊重与理解却远在一般人之上，从他对吴道子的钦佩到对任伯年的评价，都可得到证明。是体积、明暗、结构等西法耽误了徐悲鸿，而徐悲鸿又善意地把这种耽误传给了别人。

传统中国画的基础学习是书法与白描，写生则主要强调"目测心记"，创作则主张极其个性化的"心象"与自然的契合。晚清画家任伯年的作品无论人物、花鸟，在传统中国画中当属"心象与自然契合"，"准确与夸张"结合得最好的画家之一。但任伯年对自己作品的清醒认识，更让人钦佩，他说："作画如颐（任伯年名颐），差足当一'写'字"。他毫不掩饰自己作品中书写性的欠缺。而书写性的欠缺则意味着可读性的降低。尽管如此，任伯年作品虽然强调了造型的准确性，但所幸他没有受到结构、体积、明暗、焦点透视等西方科学，客观绘画法则的影响，从而在他的作品中保持了纯正的中国画的

"民族血统"。任伯年的成功不能不归功于书法、白描、目测心记等中国画基本技法的反复锤炼。而从素描等西法训练出来的结果就大相径庭了,西画炼手重于炼心,中国画则反之,孰高孰低由此可见一斑。这一切,使我想起了20世纪50年代潘天寿提出"中、西分科教学"的主张,如同马寅初提出"中国人口有计划生育"的主张被否定一样,最终导致了中国画一路下坡与中国人口急剧膨胀的严重后果。因此在当下强调"梳理文脉",找回并坚持中国画的纯正血统的境况下,氛围的缺失,传承几乎断代,中国画已经失魂落魄,使得这样的愿望成了水中月、镜中花。同时大量的"假、大、空"式的"中国画","抄照片"式的"中国画","玩杂耍"式的"中国画",充斥画坛并且屡屡获"奖"而进入艺术"殿堂"最后又成为指点画坛的风云人物和"权威"。从而艺术品评标准就由一帮并不真懂画,真会画的人来制定,艺术轨道的偏离就变成了"正常改道"。在中国画坛这样一种局势下,一股"仇恨民族"般的情绪在一些人心中滋长、扩张。他们哪里知道文化艺术民族主张的"割让"无异与领土的割让。这是极其可悲的。其可悲更在于面对这种诋毁,放弃民族文化艺术的荒唐主张,居然还会得到附和与捧场。而其无知可笑之处就是他们把"欺宗灭祖",当成了"中国画革命的英雄"。他们的基本原则是:"只要是我不会的，就统统都是不好的。"殊不知，不仅地道的中国画他们不会，油画充其量也仅掌握了"半篮子"。面对现实，我们只能祈盼天上掉下几个徐青藤、八大山人、黄宾虹、齐白石们来了。

究竟在文化艺术上我们应向西方学习还是西方在学习我们？"真正的艺术在东方"，毕加索早就回答了我们。

中国画，魂兮归来！

2007 年 9 月 15 日

关于中国画图式的探讨

中国画有图式吗？图式是什么？风格不同就是图式吗？造型就是图式吗？作品纸或绢的式样如条屏、中堂、手卷、册页、扇面等是图式吗？这些都不是图式。那么，构图是不是图式？构图的意义相对接近了一点图式，但我的理解构图还算不上是完全意义上的图式。图式应当是画面总体结构所呈现的形式美感和形式语言的明确表达。

千百年来，中国画在长期的实践中，积累了一套自己的构图规律与方法。如："计白当黑""金边银角""疏可走马""密不插针"等等。但这一固有的构图方法，但是对"目之所见"的自然现象的撷取，缺少人主观构图意识的参与。在清代以前的中国画家那里，是连构图这两个字的名称也没有的。通常在创作中处理构图上是，一参自然，二沿前人，三主谢赫的

"经营位置"说。

中国是农业国,自古以来人们习惯了依赖自然。同样中国画创作也不例外,除了描绘自然外,主观自创性相对缺乏。中国画构图的习惯是撷取大自然的某一点,略加变动或一点不变地移到纸上,所以前人十分强调写生的作用,甚至到了以写生代替创作的程度。这一点,可以在我上一辈的中国画家那里得到印证。

记得二十多年以前,我曾携自己创作的两本册页到金陵林散之先生府上,一是请老人指点,二是请老人为我所作册页题签。结果林老为我题了《吴冠南写生花卉册》的签头。题毕,我对老人讲:"此册所作,并非全是写生得来。"林老答曰:"传统绘画讲写生,尤其是花鸟画,自古以来都叫写生花鸟的。"由此可以看出,写生之于中国画的重要程度。何谓写生?顾名思义就是对着自然之物照样移到纸上吧?诚然,写生对于一切造型艺术训练的重要性,是十分必要的,但当把写生重视到替代创作的程度,这时的创作就变成了依赖自然和重复自然。因此,历代在品览中国画作品时也只是品鉴画面技法,而对画面结构则完全不用去品赏。因为画上所构之图自然中便随处可见,而像《清供图》之类,不出门也可以见到。中国艺术家把对自然的尊重和借鉴,完全变成了一种从认识到行为上的依赖和复制。

中国的古代艺术家,不仅在题材,画面结构等方面依赖自然,而且在技法创立上也大多源于自然,一切遵循了源于自然这个法则。如"云头皴""折带皴""荷叶皴""斧劈皴"等等的技法创立,便可略见一斑。谢赫的一句"应物象形",可谓是一面撷取自然的旗帜!因此中国古代艺术家对于绘画图式语言的认识完全是从自然中得来的。而由此产生的后果便是在画面上挪移、摆放所描绘的对象,变成了"合理"的构图方式。也还是谢赫的一句"传移模写"变成了这一创作行为的理论支撑。

纵观整个中国美术史,能够在中国画图式语言上有所创造的画家仅有宋代的马远,晚清的吴昌硕及现代的潘天寿三人。

马远的山水画创作,把他独有的审美视角,锁定在画面的某一角上并以此来创造别有意趣的视觉美感,由此形成他自己的图式语言。事物本来也就是这样,当你把某一点做大做足并设计到可以用文字做出性质定义的程度时,作品图式语言也就产生了。这对于艺术实践来讲尤为重要。但遗憾的是早在宋代中国画坛就出现了独创图式语言的艺术家马远,但在尔后漫长的岁月中,几乎没有人去接近与研究这种可贵的创造。在当时乃至今天,马远被人们称之为"马一角",这一称呼是褒义还是贬义呢？是认可还是否定呢？马远在中国美术史上的地位的确立，是因为他的"一角"之举吗？不管怎样，中国美术史把马远留下，是为人类文明留下的一笔巨大的财富。

自此以后，中国画图式语言的创造仍然是后继无人，或者说人们从来也没有在马远的成功经验上记取过什么。一直到清代晚期，吴昌硕的出现，这一情况才又有所改观。

吴昌硕的绘画作风，六十岁以前仍是衍习前人的法则，但他在六十岁以后便着意发挥他书法的优势，在技巧上进一步使绘画书法化，并加重色彩在绘画中的作用。从而在绘画技术层面上加快了革新步伐。更为可贵的是，当他意识到纵、横相扶相破所产生出来的美感时，他便大胆地将这种纵、横关系夸张到极致。他往往会在画面的一边（通常是右边）把一枝或两枝树干或石头顶天立地地写出来，先把画面的上下支撑住，然后在枝干或石头的中下部另再横斜出枝，形成一种横破竖扶的动势，仅此一来，作品大纵大横的图式语言便被明白无误地交代得淋漓尽致。最后又会在画的左边题上长题，与右边的纵枝相呼应。如果说他这种构建图式有点像一座宏伟的建筑物的话。那么，画面上物象的局部描绘，就更像是为这一"建筑物"相匹配的、华丽的、和谐的装潢。

每当我在现实中只要看到纵、横相交的物体时，便会不由自主地想起吴昌硕的作品来。这种超强的视觉渗透使得我们在面对吴昌硕作品的时候，甚至可以忽略他作品的笔精墨妙和绘画内容。

从马远到吴昌硕，其间经历了几百年，值得庆幸的是接吴昌硕之后出现的潘天寿，却只有间隔了几十年。中国画图式建立的步伐似乎越走越快起来。

潘天寿先生的图式创造虽晚于马远、吴昌硕，但他在图式独创性上的主动性、方向性、认识性、目标性上却远远超过了马远与吴昌硕。如果说马远、吴昌硕的图式独创性是属于潜意识发挥（因为马、吴并未把这种他们的创造转化成理论），那么潘天寿的图式创造就更具有明确的计划性和理论性。这无疑是一大进步。这样的进步对后来的中国画图式创建更具有明确的指导意义。

潘天寿先生作品图式的建立，就在他敢于一开始就把作品构图推入绝境，尔后又机智地在绝境中重新求得生还。他把自己的这种图式方法叫作"造险破险"。造险：把巨石（或大树干）一下子占掉画面的百分之七八十，甚至更多；破险：即在已就巨石之上，以藤蔓，花木延出巨石，与所剩无几的空白处贯通衔接，又以题字的小块面与花石组成的大块面相呼相应，使得本来陷于绝境的画面瞬间又充满了诡谲奇异的生机，这简直是一出不破不立、起死回生的奇招、绝招。

综上所述，我们不难理解，人类的聪慧与发明创造，往往就产生在形象思维和发现平常事物特点的偶然契机之中。今天如果我们仍旧留恋和依赖于大自然给予我们太多的"粉本"之中，如果我们仍然漠视和缺少自主意识参与中国画图式创建的话，再去提图式二字，我觉得毫无意义。

我坚持认为：技法的变化与图式无关！局部造型的变化与图式无关！画多了或画少了与图式无关！颜色用多了用少了与图式无关！纯水墨不用颜色了与图式无关！画抽象了画具象了与图式无关！题满字，打满印章了与图式无关！凡此一切的一切都是技巧层面上的局部改造。图式的建立，是画面总体结构所呈现出来的美感和文化意义，是画家从意识到画面总体创造的同步表达。不必怀疑，除马远、吴昌硕、潘天寿三位杰出的画家外，我再也列不出谁的作品在总体结构上可以用文字做出具有学术意义的图式定义和准确的图式名称来。

我还需要指出的是：马远、吴昌硕、潘天寿三位艺术家在中国美术史上地位的确立，人们对他们作品的鉴别品评标准，并不是因为他们独创的图式语言，而是他们的技法水准。以技法定位这一标准也是千年不变的习惯，我想这究竟是公平还是不公平？是全面还是片面？是明智还是无知？是不是千年不变的，仅以技法品评和定位耽误了中国画图式建立工程呢？这个问题只能见仁见智了。

2008 年 5 月

吴冠南　双勾设色水仙茶花　45cm×45cm　水墨纸本　2015 年

无愧于时代的贡献
——论20世纪五六十年代中国现代山水画创作成果及其他

中国美术史其实也是一部当时各个社会侧面的政治、经济、文化史。凡作品的技法风格、精神面貌、文化含义都与当时社会现实紧密相关。这一点在意识形态领域尤为明显。"存在决定意识",马克思主义唯物论如是说。

艺术创作是意识形态领域的一个部分,而且是需要把主题图式化的部分。所以艺术创作也可以说是对社会各种现象、各种问题、各种信息最为敏感的领域。在中国古代缺乏照相技术时,尤其如此。任何个体、集体、正面、反面、积极、消极的一切艺术活动,都无法游离于这一规律之外。不管你对现实社会持有一种什么样的态度,你都无法割断与现实社会的种种瓜葛。

自宋代兴起了中国画新一种表现形式——"文人画"以后,

许多失意文人、落魄官员便成了这个画种的主角。他们个个满腹经纶、才气横溢却怀才不遇或仕途坎坷。文人画的寓意性、写意性、文化性（诗、书、画、印结合）等自主、自由的创作方法，恰好适合他们作为发泄牢骚与不满的绝好平台。然而世上没有真正的"世外桃源"。当他们在自认为找到了一种可以寄情寓意，自由发泄的方式以后，渐渐就会发现自己所有的背叛、反抗、讽刺、嘲笑也还只是以另外一种形式与社会现实的关联。最后在欲避而不能的无奈中，他们又把这种无奈转换成另外一种生活态度，孤傲、清高。于是他们不趋时尚、不附权贵、寄情笔墨、聊以自娱。由此我们可以看出，其实背离与消极又何尝不是与现实社会的一种关联呢？

君不见，苏东坡几度官场浮沉，传说他画竹大多无节。什么意思呢？无节则顺达畅通么。其实这是苏东坡内心的一种真实祈盼。另有米芾时运不济，他拜石、画石。其实拜石不拜君才是他内心的真实想法。到了清代八大山人那里就更直接了，他画石多危立，画鸟多白眼。落款一会"哭之"、一会"笑之"，哭笑无常。他作为明朝皇室后裔，把亡国的彻骨之痛、切齿之恨一股脑洒进了自己的作品中。更有甚者，清代的王时敏、王翚、王元祁、王鉴，他们干脆就主张"不食人间烟火"。远离现实社会，自我营造心目中的世外桃源来达到躲避现实社会的"理想"之境。从而使他们自己的作品走进了一个只求技法与个人寄怀的死胡同，毫无社会功用可言。在中国美术史上这样的例子并不少见。祈盼也罢、不拜君也罢、白眼也罢、哭笑无常也罢、"不食人间烟火"也罢，其实这些也都是与现实社会无法分割的一种瓜葛。

我举了这样四个例子，目的是想说明：艺术创作与其他各行各业一样，绝对离不开与现实社会的关系，无论是主动歌颂还是主动背叛，一切个体行为与现实存在，注定是一种无法分割的因果关系。我想作为艺术家尤其要明白这一点。

当然历史上也不乏正面的、积极的、完美的千古佳作，如隋朝展子虔的《游春图》，唐代王维的《溪雪图》，宋代王希孟的《千里江山图》，张择端的《清明上河图》，元代黄公望的《富春山居图》、明代王绂的《江山渔乐图》等等，举不胜举。这些作品的共同点是：经典性、时代性、史料性、完美性。这些国宝级的千古佳构，不仅是对中国美术史的贡献，也是对世界人类文明进步的巨大贡献。

事实说明：历史所记取的不单单是绘画技法，更重要的是作品所蕴含和承载的文化意义、社会意义。

如果综合分析一下中国山水画史，单论作品与时代主题最为紧密结合的山水画创作高峰，当首推公元1950年至1965年这个时间段。这是中华人民共和国开国的最初十多年时间。在此期间，党和政府颁布了一系列有关新中国文艺创作的方针、政策，并给予艺术家以最好的创作条件。一大批从旧社会走过来身怀绝技的艺术家，切切实实体会到从未有过的、新中国给他们所带来的无限温暖。同时又目睹着新社会各行各业日新月异的巨大变化。欣逢盛世他们感慨、他们激动。而这一切他们在瞬间又变化为创作的冲动。于是他们忘我地投入到火热的现实生活之中，用自己真切的感受来歌颂新生活、歌颂新时代。因此这一时期大量涌现出的充满时代气息的好作品，使中国现代山水画创作进入了一个最为动人的繁荣时期。任何历史阶段都无法与之比拟！我们看到在这众多现代山水画家队伍中，他们的代表人物有：傅抱石、钱松岩、亚明、宋文治、魏紫熙、李可染、陆俨少、石鲁、何海霞、关山月、阳太阳、赵望云、应野平等。他们各自以不同的表现方法、不同的切入点，用心灵去感受、体察、描绘新中国各个方面的新成果、新面貌。可以说这一时期中国现代山水画创作的现实成果堪称中国山水画史上最为辉煌的一笔。

这一历史时期的中国现代山水画除了在时代性上与史有别外并且在题材上、构图上、色彩上、技法上均有重大突破。如：题材上以歌颂革命业绩，祖国建设，工、农业生产，部队面貌等普通视角为主，着重表现了新中国山山水水所呈现出的新风貌。

构图上除了运用传统绘画诸如平远、高远、深远等方法外，并大量使用了鸟瞰法、仰视法、俯视法、广角法等。而最大的突破点在于把直线、直角、方块形状等传统山水忌画的建筑物揽进自己的作品中，并且处理得妥帖，和谐、统一、完美。读来令人耳目一新、荡气回肠。

作品的色彩处理上如一：把岩石用纯朱砂画成，一片赤红，庄严沉雄、又缀以双勾芭蕉不着一色，与红岩虚实对比，轻松灵动。二：把江河或山峦笼罩在大片嫩绿之中，又在适当处缀以粉色桃花。粉红嫩绿，反差对比强烈又不失和谐绚丽，直把读者引入到春水绿浪之中，沁人心脾，令人心醉。这种高妙的、超越前人的色彩用法，还有许许多多。

在作品的技法处理上：除了独步天下的"抱石皴"外，李可染的"高光法"，钱松岩的"纯中峰勾勒法"等都是为传统山水皴法的补缺。大多数画家还大胆地撇开现成的各种皴法，直接在写生中依现实山脉纹理来处理成画面形象。这一切都是历史性的贡献。历史赋予了这批画家们一个世所未有的良好契机，他们也恰好具备了驾驭这一契机的能力与水平。内因与外因缘于一种机遇而发生碰撞时、光耀万世的"火焰"就会随时代步伐喷涌而出！在这一批优秀的艺术家中，尤以傅抱石为首的江苏山水画家令人瞩目。他们队伍之整齐，创作作品数量之多，题材之广泛，技法之完备，独步于古今中国画坛。

20世纪50年代末、自傅抱石、关山月联袂为北京人民大会堂创作巨幅毛主席词意图《江山如此多娇》的现代山水画作品以后，这一幅历史经典之作就成为中国现代山水画创作的鼓角。从此中国现代山水画创作开始进入一个崭新的历史时期。1960年，由傅抱石率领的江苏省国画工作团，行程两万三千里，又于翌年率团行程四千余里，深入生活，为创作反映新时代的现代山水画广搜素材。其他各地的山水画家也均在同一时间段里展开着这样的活动。尔后如傅抱石的《雨花台颂》《韶山》《红岩村》《刘主席故居》《镜泊湖在建设中》《井冈山》《乾坤赤》《解放南京》《黄洋界》《延安颂》以及大量、反复描绘的毛主席诗意作品及其他题材作品。钱松岩的《青弋江上万木流》《红岩》《常熟田》《太湖春色》《长城颂》《梅园新村》《延安颂》《井冈山》《勘察队》《南湖春晖》《广州农民运动讲习所》《长城万里》《锦绣江南鱼米乡》《古塞新湖》等。亚明的《新安江上人家》《虎门今日雄》《苗岭无处不歌声》《钟山晴日》《春江放筏》《海滨生涯》《太湖晨雾》《峡江云》。宋文治的《井冈山朱砂冲哨口》《长城第一关》《扬子江畔大庆花》《人工湖》《山川巨变》《一桥飞架南北》《运河新貌》《战风斗雪固长堤》《南京石化厂》《黄洋界》《换了人间》《白云石矿壮景》等等。魏紫熙的《大井毛主席旧居》《江都水利工程》《韶山水库》《矿山一角》《山村小水库》《山区变电所》《林场新貌》《矿山》《林场小学》《军民水库》及其他地方如石鲁的《转战陕北》《家家都在花丛中》，李可染的《井冈山》《万山红遍》，关山月的《绿色长城》等等。

我们不能否认如此成果的取得，党的感召和时代的期盼在其中起到的巨大作用。

回顾中国美术史，如果说苏东坡、米芾、八大山人们是当时封建专制制度给他们造成太多太多的坎坷和创伤，而使他们产生种种逆反情绪和举动我们尚可理解的话，那么对于生活在当下这个鼎盛时代的当代山水画家们仍在津津乐道于"深山古寺、枯木老僧"式的笔墨游戏中，重复着"一座山、山下一条河（湖）、河里一条船、船上坐个老头子"这种千年不变完全程式化了的陈旧劳作时，我们却实在是无法理解的。远有张择端、黄公望们的业绩可参，近有傅抱石、李可染、钱松岩们的业绩可考，我们难道可以视而不见？

从新中国成立到今天党和国家曾先后颁布了一系列有关文艺创作的方针、政策。从"百花齐放、百家争鸣"到"建设先进文化","构建和谐文化"等。面对这一切,面对着我们共和国进入一个更加崭新的历史时期,我们这一代山水画家难道仍然可以视而不见?

我由心底怀念和崇敬历史上为华夏民族做出过如此巨大贡献的优秀艺术家。我感慨,感慨他们赤诚地为历史做出不懈努力所贡献的心血!我钦佩,钦佩他们的努力无愧于时代、无愧于祖国、无愧于人民、无愧于历史!

2009 年清明

浅说禅与画

小时候信鬼,相信这世上一定有鬼。恶鬼会摄人心魄,然后自己便好去转世投胎。听了非常害怕,却又偏爱在黑灯瞎火时,支着耳朵听大人们讲鬼。长大了以后信佛,佛法无边,普度众生。信佛不等于必须出家才行,我不是善男信女,也不是佛门的俗家弟子。我所谓的信佛,仅仅是偶尔会把在工作中的体悟与"禅机"相联系,用以印证自己实践的优劣而已。其实鬼也罢,佛也罢,全在自己心里。心中有佛便有佛,心中有鬼便有鬼。

佛门修行讲究默坐参禅.最厉害的是达摩祖师,面壁十年,静心参悟。参禅大约是苦海回头、心田耕耘的艰辛历程,在一切的矛盾节点上体悟真理与永恒,在平静和无声中体悟生命的本来与归去。于是中国文化、中国艺术……在禅的哲学理念中找到了理论与行为的支点。

在绘画一道中，通常人们会把简约、洁净、平和的画理解成含有"禅"意的画。但是如果仅仅以画面形式外表上来判定是否带有"禅"意，认识上就太过粗浅了。这犹如一个普通人，一旦穿上袈裟，双手合十我们就断定他是高僧，这样我们就很无知了。佛是心路的皈依，禅是心田的耕耘。而人们的行为从表面到内质的变化，仅用眼睛是看不清楚的。

《华严经》中有个善财童子，在他还没有成佛时，文殊菩萨就告诫他"要在世间觉"。善财童子后来成佛了，普贤菩萨又告诫他，依然要回到世间，"或一世界于一劫中修菩萨行，乃至不可说世界微尘等劫修菩萨行"。想想也是，若无苦海，何得回头？若无世间，何来觉悟？这一点于佛于艺乃至于一切，个中道理是完全一致的。

我们通常把历史上的担当，八大山人等先贤们的画，视作带有禅意的画。从表面上看其实也没错。但我们同时又应该知道八大山人不仅有皈依佛门又跳出佛门的特殊经历，还有他作品中那平静之下隐掩着的愤慨与仇恨。由此可见，参禅也并非一味平静。达摩祖师面壁参禅十年．我想他的内心怕也不会是十年一贯如一潭死水的吧？

寥寥一"禅"字，纵有天生慧根，理解起来亦非一朝一夕之事．是为道理无穷，佛法无边。中国佛教历史上有道吾宗智为了师兄的早早开悟，竟咬破了自己的手指；更有甚者是德诚禅师为了让他的弟子大彻大悟，竟舍弃自我沉船溺水而亡。咬破手指与自溺而亡是他们用自身的觉悟方式来达到启迪别人的目的。

人从一生来就入了世俗，一入了世俗心便生"障"。所以就有了修炼与觉悟。心"障"既生，眼"障"、行为"障"也随之相生。凡观事物，只近表象，观画只喜欢与照片相同的画，读书就喜欢读一读就明白的书。目下卡通流行、古今工笔走俏便是实证。

做个芸芸众生中的一员凡夫俗子，勤劳平安一生，也没啥不好，就是别不懂装懂、指指点点、妄加测评，不然就会贻笑大方，万一留下了笑柄绝对不合算。

觉悟是参禅的目的，而觉悟也是人生、艺术、一切行为的终极目标。

2012 年 5 月

走走回头路

铁一旦回炉炼炼便成了钢。就连猪肉回回锅也就成了味道更好的回锅肉。

记得当年林散之老先生在他功成名就之后,仍时时不忘临写碑帖,所以他的字也就越写越好。

近些时我常爱怀旧,特别怀念小时候的一切。其中当然也包括怀念那时安坐在老屋旧窗下,伏在破桌子上静心学字学画的无欲情景。

学字正楷字总要练的,学画线描总也是要练的。这好比造房子.基础总是要打扎实些的。而那时埋头所做的功课,其实和造房子打基础是一样的。如今素描把这些个功课给替代了。这有点像嘴里吃着西方的"三明治"却硬强迫自个儿相信吃的就是中国包子。

现在年纪渐渐大了.却总也忘不了小时候吃"包子"的劲头与味道。所以又禁不住走了回去，再尝尝吃"包子"的味道。毕竟是"包子"而不是"三明治"为我打下了一副好"身板"。我有时候想，幸亏小时候多吃了点"包子"，才会有今天这份纯粹的"包子"面孔。

老许约我发点儿画，手边正好有近阶段走回头路顺便捡回来的几个"包子"，于是就顺手发给了老许。在 H 铅笔竟也替代毛笔勾线的今天，或许我倒成了另类或出土文物，呵呵，管他呢！谁让我相信并坚持双钩设色（传统没工笔这个名称）要带有写意性这个要求，况且天生又是个吃"包子"的命呢。

2012 年 5 月

吴冠南 双勾设色牡丹 45cm×45cm 水墨纸本 2015年

提炼与夸张

提炼与夸张是艺术创作不可缺少的必要手段。如果缺少了这个手段或者这个手段处理得不恰当,艺术"创作"便无从谈起。摄影是完全照搬现实的,但真正可以称之为艺术的摄影作品也仍然是少不了其后期处理手段的。但是提炼与夸张又存在着一个"度"的把握问题。提炼属于意蕴的确定,夸张属于造型的确定,一内质一外表。内质提炼不恰当容易变成幻想,外表夸张过度则容易误入漫画化。中国大写意创作特别需要警惕的就是漫画化倾向。一旦误入漫画化就会使自己的作品显得粗疏浅薄、空洞虚妄而充满恶浊之气,令人厌恶。

所以中国画大写意的创作既不可照搬现实,也不可无限夸张。齐白石老人提出"作画妙在似与不似之间,太似为媚俗,不似为欺世"。是一帖警世良药!而黄宾虹先生讲的"绝似与绝不似"又是对提炼与夸张认知上更加精深的浓缩与提升。

大写意大在精神与气派,而不是篇幅;写在方法的正确,而不是胡涂乱抹;意在思想的准确表达,而不是盲目的堆砌。如果分不清写意与漫画之间的区别,就会走入歧途,而一旦误入歧途形成审美和手法习惯,再想退回到正途就难上加难了。

京剧《三岔口》中有一段夜打戏,舞台上灯火通明,如何表演"夜"的场景呢?于是台上出现一支蜡烛,台下的观众马上就感觉到了"夜"的氛围。这是典型的提炼与夸张的绝妙手法,十分值得我们在绘画创作借鉴和运用。艺术创作不是一加一等于二,所以需要提炼夸张,而提炼与夸张的结果必须起到启迪的作用,从而达到读者和作者心理上的互动,这样的作品才会扣人心弦,引人入胜,而不是提炼夸张到让自己与别人都莫明其妙,一头雾水。

白石老人和赖少其先生在他们生命最后关头的作品是他们一生对生命和艺术认知的结晶,是提炼与夸张的经典之作。虽然夸张到极点,但仍然看不出有丝毫的漫画倾向。这是什么原因呢?原因就在于他们一生对艺术创作认知上的深度提炼,才不至于使自己的作品走向漫画化。西方毕加索的作品夸张到人有"三眼二鼻",那种对生命本质富含哲理深度剖析的作品,却丝毫也没有显出漫画化倾向。这一切是什么原因呢?是修为、领悟、积累而修成的正果!齐白石、赖少其作品与毕加索作品相比较起来,所不同的是:前者是表现了生命与自然的本能,后者则是表现了对生命和自然的认知。感谢这些伟大的艺术家,是他们不朽作品的生命力、穿透力,给予了我们无限的启迪!

2012 年 8 月

也说师法

张璪讲"外师造化,中得心源","造化":自然矣;"心源":本心之悟矣。张璪在他那个时代能对自然与本心的应对和感悟有如此深刻的认识,的确令人心生敬意。

自然造就万物,人是其中具有思想的唯一一物。而绘画要求的就是在本心与自然的对应和感悟中生发出来的那一束灵光。所以绘画又可以称之为"心画"。天工开万物,可掬、可咏、可叹、可图,从精神到表象绝无一丝可鄙处。

"心源"就相对复杂一些了,俗话讲一人一心思,不尽相同也不可能相同。而"师法"就在这种心思的不相同中产生了差别。又因后天的修为不同,使这种差别加倍放大。简言之,绘画以自然造化为师,以本心变化为法,这是一个基本规律。明代画家王履讲的"吾师心、心师目、目师华山",其实与张璪讲的"外师造化，中得心源"同出一辙，王履只是比张璪讲得稍稍具体了一些。在学术上我们完全可以把这两个说法归纳到一起来理解。

"取法"的含义大约有两点：其一，自然本无法，所谓的取法自然是人们在通过对自然的领悟和理解以后，经过取舍、提炼出来表现自然的方法。前人创造出来人物画衣折的各种描法、山水画的各种皴法，花鸟画的各种点法便是经典的例子。郑板桥讲他画竹"得之于月光壁影"，石涛讲"对花作画将人意"，同样讲的是从自然中取法，然而明显石涛要比郑板桥高明了许多许多，因为石涛在面对自然时注意到了"本心"的作用，没有完全受制于自然。其二，直接学习前人的现成之法，也可以叫"取法"。

取前人成法相对容易一些，但成法又容易成为开创上的局限。在特定情况下，学习前人成法反而会成为一种枷锁。总之借前人成法入手可以，但最终自我专业的成败还取决于对自然的观察和体悟。由于西方绘画的冲击甚至是取代，当代中国画在无可奈何中丢弃了中国传统绘画中许多优良基因。观念变了，方法也变了，而所有这些变化又都是在走向下坡。观念的肤浅，方法的降低、功利的干扰这一切的一切在漫长的历史时间段里将会像瘟疫一样削弱和摧残着传统中国画的基因。在实用性、口号性、广告性、功利性泛滥的今天,"转基因中国画"大行其道并占据了几乎整个中国画坛。

中国画从师法到创作是有其自身规律和要求的,简单一点可以总结为"师法有心、创作无意"。师法时是需要用心去研究记取的,况且师法并不单单是指学习作画的方法,所谓的"师其心而不师其迹"更多的是强调了对自然对古人成法的深度追索。而创作则不可刻意强为,要有感而发。归根到底最后的至高境界就是"有法无法乃为至法"。

吴昌硕弟子众多,却只出来一个潘天寿。当年潘天寿初求风格蜕变时,吴昌硕曾告诫他:"寿乎寿乎愁而独,一跌须防堕深谷"。由此可以看出创格之艰难!齐白石更是自称门下弟子三千,却也只有一个李苦禅让他感到欣慰,嘉许曰"英也夺我心!"

综上所述可以看出,师法的关键在于切入点的正确与否?"菩提本无树,明镜亦非台。"世本无法,法由心生。如果处处用一种"法"约束自己并衡量他人,则又会使自己走进无边"魔障"。真正的艺术创造在自然拨动你的心弦中迸发。而法外求法才是生命与艺术向自然的最终回归。

2012年8月

时代·艺术

艺术作为意识形态的一个部分，而且是可以作为直观的形象艺术，其功能反映时代的总体精神面貌，毫无疑问是每个艺术工作者的天职。每个人生活在各自当时的社会环境中，自然也无法逃离当时社会为每个个体所打上的烙印。所不同的是跟上社会发展进程的人多，而从思想到行为可以领先于时代的人总是绝少一部分。清初画僧石涛有"笔墨当随时代"的认识，从当时的社会背景来看已经实属不易。但"随"是跟，还算不上是先进的创造意识。先进的创造意识应该是引领潮流，将自我理解到的"先见之明"并以自身的艺术实践来告诉和昭示未来艺术走向的可能性。这样的代表人物西方有凡·高、毕加索；中国有梁楷、徐渭、八大山人等。

当中国画艺术发展到当下，这个问题已经不可绕开不顾了。那种枝头憩小鸟、山中行老僧、窗前倚玉女,套路式的仿古作品的确已经与这个时代的精神面貌,社会风尚所格格不入的了。诚然,类似这些题材也不是不可以画,但这样的作品毕竟不可以成为当下绘画从思想到艺术的主流。

现代艺术创作思想实际上已经必须从形式、风格、语言、本体、美学等方面逐渐向信息、人本、观念、思想等领域迈进。当我们从这一立场来考量当下的中国画创作总体风貌时,其中制作、模仿、迷失方向、无自我思考与主张、随大溜等等,使得我们一时无法严肃地来谈及"随时代"或"领先时代"这样一个需要责任、担当、智慧的大问题。

任何作品的画面都只是作者思想的一个载体。真正的艺术不是用标题来告诉读者,而是用画面所表达的语言让读者怦然心动。如果缺少作品与读者的共鸣,那么这样的作品只能算是一碟小菜,一杯小酒,根本算不上是真正意义上的好作品。因此,作为当下的艺术家首先需要的是对人本、思想、观念、信息等诸多方面的深刻思考。艺术作品不仅仅是作为布置与点缀,更不是为获奖而制作或粗制滥造搞兜售和批发!

每一张面世的作品不单单是让人们看到你画了什么,而是应该可以让人们透过画面明白你想到了什么,继而从中又让人们领略和感受到了什么。江山代有才人出。我们期待着这样有品德、有责任、有担当、有水准，足可以代表这个时代并为这个时代所感到骄傲的艺术家的出现。

2013 年 1 月

吴冠南 双勾设色兰花牡丹 45cm×45cm 水墨纸本 2015年

可解·不可解·不必解

明代谢榛在他的著作《四溟诗话》中讲:"诗有可解,不可解,不必解。"中国的大写意画也是如此,中国文化更加如此。讲话有言简意赅,作画有笔简意繁……这里面"意"的意义就包含了说得清、说不清与不必说清三个部分了。

"意足不求颜色似"和"前身相马九方皋"这两句诗的意义直指了作画并不在乎颜色的像不像这种外表的逼肖,也不在于人会不会与马用语言交流沟通。九方皋相马人与马当然不会发生语言交流,马也更不会自报家门为自己写封推荐文件。那么这里面就存在了无法用语言来解释内心的意会与感知。所以讲千里马常有而伯乐不常有。中国的诗词歌赋以及语言技巧我就不讲了,单就绘画的写意性来讲,实在是从中国文化含而不露、点到为止的根上长出来的一朵奇葩。佛教里面有"点化"

的讲究，点即是点到为止的提示，因为佛的意义无法用语言来完全告诉你，一旦可以用语言全部阐释清楚，佛也就无所谓佛了。"化"才是点化两个字的关键所在，内心有感才会有所知，有所知才会有可能达到"化"的内心升华。一旦达到化的境界了，这个时候一切阐释的语言也就成了多余！

一个成功的画家、一幅成功的作品必然要包含可解、不可解、不必解的全部意义，否则"好画家、好作品"就只能是妄谈。吴冠中先生曾经讲过"中国美盲比文盲多"。是的，因为文字本身不存在感悟部分，只存在认识部分，认识字了也就扫盲了。美就不同了，美的意义大都是依靠感悟来领会和理解的，事物表面的所谓外秀人人可以一眼就明了，但内美就深不可测、妙不可言了。其实读画与看人也有相同的地方，俗话说"人不可貌相"，就单凭外表的认识我们会不会就马上把心全部交给对方不？所以解人须解内心，知画须知内美！知人须与人用心去交，知画除了用心还要用知识去交。因为人与人尚有互动交流，画则不会自己与人发生明确的对话，而对画的理解就同九方皋相马一样，靠的是内心感知和广博的见识。欣赏者是如此，画家更是如此。如果不是从这个角度去作为切入点，把以上所讲的一切要求不以为然的话，那么欣赏者不堪成为欣赏者，画家也就不堪成为画家了！

陆游题沈园《钗头凤》词的最后有"错错错""莫莫莫"两句；黄宾虹论画则有"绝不似"之说。"错"在哪里了？"莫"又为何？"绝不似"是什么意思？陆游点了一下，黄宾虹也点了一下。理解却在于后学者自身的修为与造化了。总之"皮相"永远是判别、品评一切事物的障碍，外表的迷惑是使欣赏者或者创作者走入迷魂阵的一剂"毒药"！

2013年正月初三

线条的质量

中国写意画是以毛笔线条为骨干来完成的。所以尤其对线条的质量就有了特别高的要求。

中国画线条的本质是中国书法，所以在传统学习中国画的初级阶段和一生的创作活动中，对书法的临习和掌握，要求甚至高于对绘画的临习要求。中国画独到的玄妙、神奇之处完全依靠线条的质量来体现，因此只要线条质量出现问题，想画出一幅好画来，基本上只会是空想。

线条质量的好坏取决于笔锋与力度的巧妙运用。用笔的基本方法可以参考书法中的"永"字八法，而在绘画中的用笔变化万千，所以方法又不能受制于"永"字八法，但是万变不离其宗，所有在绘画中使用的笔法变化又必须以"永"字八法为原则，容不得半点背离，一旦背离，线条的质量便无从谈起。

力度的运用在于抑、扬、顿、挫；轻、重、缓、急。只有运用力度的这八个字恰当配合以永字的八个法，又经过长期的训练积累，优质的线条才会出现。

优质线条的特征无论在起讫和运动中，均能够表现出犹如人体脉搏的生命律动，时而如行云流水，时而如高山崩石，时而如静如处子，时而如动如脱兔。凡此种种都在一动一静、一虚一实中产生，关键之处更在于动中有静，静中有动。动静交织的分寸把握又是关键中的关键。

许多年以前林散之先生对我讲："用笔线条的好坏，在于入不入纸，入纸就好。"许多年以后我才明白林散之老人讲的话其实是有关用笔的一个大原则，而做到"入纸"的基本保障就是我上面讲到的有关笔法与力度的运用技巧。如果缺乏力度与笔法的正确运用，"入纸"就做不到，非但做不到，就连什么叫"入纸"的表象看也会看不懂。如果是这样，那还谈什么画好画不好画呢？

现代美术教学从素描到写生，从写生到创作。一缺力度与用笔的方法，二缺大量临习碑帖，名画的借鉴过程。因此大部分现代中国画在内质与表象上就必然离传统中国画的"味道"越来越远了。

线条依靠用笔，用笔依靠节奏，节奏依靠用力，用力依靠用腕，用腕依靠情绪，情绪依靠心理。当造型问题解决以后，一切力度和法度就在这种连锁的、内外交织的过程中进行，从而好的作品就会在这种进行中产生。

2013年正月初五

吴冠南　双勾设色山石牡丹　66cm×33cm　水墨纸本　2014年

也谈"玄"与"妙"

老子《道德经》中有"玄之又玄,众妙之门"的说法。寥寥这八个字,足够为我们指出了玄与妙相互依存,相互作用的辩证关系。也为我们如何正确理解这区区八个字真正含义设置了思索的要求。为什么必须玄了才能妙呢?"玄"是指的什么?玄与虚、玄与妙为什么总是联系在一起出现?经过了近半个世纪的努力实践,使我似乎理解到玄字的意义可能是虚实之间,成败之间中间的哪一部分,因为这是一个最不可确定、最不可捉摸的部分。在这一部分中间的确也是最充满着变数和猜想又不可捉摸的因素在其中。

只有明白了"玄"字的意义和作用,我们才有可能在大写意花卉画的创作实践中来加以运用玄虚的作用。在中国大写意花卉画中,具体来讲,小虚大约是"意到笔不到",大虚大约是画面上分布着的大大小小，既不相同又不规则的空白。所以中国古代的画家们早就认识到了"玄虚"这种不确定却存在因素的重要性。程子讲作画须"得天地之虚灵"，他强调了"虚"字在绘画中的重要性。历代画家也都知道大凡作画实处易、虚处难。虚了才会玄，玄了才会虚，有虚必有实，有实必有虚。只有掌握并运用了玄虚互证的辩证方法之后，才会有可能既得玄虚，方入妙门。

其实不仅是文化艺术如此，就连自然万物和人的生命也莫不如此。生命以体为实，以气为虚。天地也是如此，以地为实，以天为虚。有了虚实相生才有了万物生灵，才有了气象万千。因此中国的医学便依据天地与万物同理的原则，认知到了人体疾病的虚症与实症。通过对应实践并最终总结出了治疗的诸多方法。由此也就有了"妙"手回春的说法。想想也是，医生一根小小银针只要对症选择相应穴位，一针扎下去，病痛马上就会得到缓解。画家一支小小毛笔也只要于关键处一点，作品效果马上就会得到改观。于是就有了"画龙点睛"的画坛千古佳话。其实整个中国文化的本质便本来如此，中国的医学、中国的艺术当然也就更加是本来如此了。

我建议有心于探求艺术本质的画家们，不妨也去读一读中国先秦时期的医学"圣经"《黄帝内经》，多多少少也去领略一下其中富含辩证哲理的虚实成因,从而力求明白虚实之间"玄"的存在原理和这其中严格的、科学的逻辑关系。这种逻辑关系实实在在就正是中国大写意画的命脉和气息所在。也实实在在是中国医学治病救人的关键所在。因此中国画和中医一样,只有恰当运用以虚证实的方法,才会有可能使自己的作品渐渐进入到"众妙之门"而成就自己。

2013年正月初五

创作与创新的"自圆其说"

无论干什么工作都必须要能够做到"自圆其说"。也就是说无论我们做什么工作，都能够从工作的原理到结果有一个合理的总结。自圆其说一般分两种性质，一种是在没有道理的情况下，强词夺理或者说谎骗人。一种是仔细剖析事物的本质并加以说明成因。

中国画创作属于意识形态领域的一个视觉艺术部分，尤其会涉及创作意图和视觉意义这个问题。在这种情况下，合乎逻辑规律的自圆其说就成为创作者必须要做的本职工作。对于主题、构思、表达形式，创作手段、技法等等一系列构想与意图，要有一个全方位的，有深度的总体说明能力。每一个画家都会有自身不太擅长的薄弱处，在创作中我们可以避开自己的弱点，而不可以把这种避开反说成是"创新。"例如吴昌硕不画鸟，但吴昌硕绝不会无智到说他不画鸟就是他的"创新"。所以说谁都可以避开自身的弱点，但绝不可以无中生有，狡辩诳世。

事实上中国画历朝历代都讲求创新，创新的标准是从形式到内容再到技法的整体改变，所以创新不是可以一蹴而就、三下两下就可以得到收获的简单工作，而是品格，道德，学问，修为长期综合磨砺和积累才有可能达到的高峰。绝对不会是从画面上搬去了什么或者增加了什么；尺幅长了方了；印章多盖了少盖了；字多题了少题了，绝不可能如同做做加减法那么简单。如果"创新"简单到这般地步，那么"创新"两个字也就完全失去了存在的意义。

只有具备了良好的天赋与悟性，并且又经过了长期艰苦的综合努力，才有可能形成有别于他人的形象思维、审美能力和创新本领。一旦具有了这种能力以后，"创新"就会犹如"桃李无言，下自成蹊"般在笔下自然地显露出来。也只有在这种条件下形成的创新才有可能做到自圆其说，才配叫作创新。

曾经有一位很有见地的文化界领导说："画家要会写点文章，做点研究，至少要会对自己的作品做出合理的说明，如果做不到，那么只能证明你对自己的实践目标不清晰，盲目的行为又怎么会产生好作品？"

古人讲"领略古法生新奇",这"古法"其实主要指的是推陈出新中的实质即:逻辑性和规律性,而技法只在其次。技法变只是战术变,心法变才是战略变。刨根问底,溯本求源才是"创新"最为要紧的基础工程。由此可以想见"创新"的深度与难度,绝不是像做做"加减法"那么简单。作为画家如果认识和理解不到这一要点,而且漠然对之、不以为然,那么不仅十分愚蠢和幼稚,而且永远也不会达到所谓"创新"的目标。

2013年正月

吴冠南　桃花　25cm×33cm　水墨纸本　2012 年

关于大写意的"大、写、意"

中国画中有"大写意"一格，其源头可追溯到象形文字，尔后一路从半坡彩陶纹饰以及汉代画像石等走来，通过许多未名画家发自本心真切感受的努力图画，一直到了南宋的梁楷手里，以形写神、直抒胸臆的"写意"中国画已然走向了成熟。从而"大写意"中国画即以一种重在揭示作者内心修为与情感寄托的独特风格确立画坛。其风格所产生的影响与意义为中国画的发展开拓了无限的空间和可能性。

"大"，为形容词。何谓大？《尚书》有："有容、德乃大。"容：内容、容量。内容博识、容量无边是为大！世间何物为最大？宇宙。比宇宙大的是人的心思。所以内心强大为之大，而内心强大不强大又全在于学识与修为。我们不妨也可借作"有容、画乃大"。大写意中国画不是大在篇幅与粗放的笔墨，不是大在外表所及，而是大在作者的素养与心力！理解了这一点，我们才有可能从根本上来认识"大写意"的意义。

"写"，何为写？写为动词。书写、写作，也即是行为与动作。胸臆通过"写"来得到充分的表达。而"写"就必须做到"得于心而应于手"。因此手对胸臆的完美表达就存在了方法上面的要求。作文有作文的方法，作画有作画的方法。作文：内心的表述通过组织文字来表达；作画则是心言通过理想的形象思维与画面结构形式来表达。所不同的是作文可以修而改之，而作大写意画则要做到落手无悔，并且在这种落手无悔的行为中做到"忘我"，从而在这种"忘我"的状态中收获到未曾意料到的"意外"效果。而这一切又必须建立在无法修改的原则之上。古人讲诗是有声画，画是无声诗，即说明文亦是画、画亦是文。可见缺少文化积累和品行修为就缺少了画好大写意画的基本保障。我们不必怀疑"画为文之极"并非虚妄之说。由此可见如果把大写意的"写"仅仅理解成"解衣盘礴"式的表面痛快，那就谬之千里了。

"意"为名词。这里的"意"是"大"和"写"的综合结果。而这个结果的深浅、优劣又全在于对上述内容的理解和积累。大写意画作为中国画的一个科目，在其综合性要求上要远多于其他画科。其形式与结果完全建立在生命与自然融合所产生的感悟之中。所以才会有了"人品即画品"的深度要求。

　　行文至此，我想但凡想做好一件事情，首要的应该是先弄明白道理，这样才会不至于带来行为上的盲目与粗浅。佛家有"心即是佛，佛即是心"的说法。绘画又何尝不是呢？本心的诉求、期盼和愿望是大写意画的真实内涵与根本。如无此为本，大写意则只会浮泛在假大空、粗陋丑的层面之上。

　　由此看来，中国大写意画的难度并不难在区区的技法层面上，而是难在本心综合的、长期的修炼和顿悟之中。而"个中三昧"则是我们修炼一生的终极目标。

2013 年 2 月 1 日

梅兰竹菊与永字八法

中国书法与绘画传统的基础训练历来有自身的方法。书法以永字为笔画的基本练习法，因为永字的侧、勒、努、趯、策、掠、啄、磔八种笔法，基本包括了书法基础用笔的技巧。而中国画中花卉画的基础训练则通常以书法及梅、兰、竹、菊为入门方法。这不仅因为写意花卉的用笔方法最为接近书法用笔，而且梅、兰、竹、菊基本上又代表性地涵盖了所有花卉画中的木本、草本、花、叶等表现方法。

如梅花的枝干老若屈铁，展如篆籀；兰花的草叶若撇若捺，花如长点；竹子之杆圆若篆字，叶如啄挑；菊花叶片若榜书之浑点，勾花如隶书一波三折。如此看来梅兰竹菊与书法之间的联系的确如出一辙。中国画所以要强调书法用笔由此可见一斑。而写意花卉从书法与梅兰竹菊入手进行基础训练是不无道理的。

当然从这四种花卉入手开始练习时,首要的是理解并掌握书法的基本技巧,并以书法用笔中的"欲左先右""欲纵先横""无垂不缩""无往不复""一波三折"等技法恰当地运用到画中。而对这四种花卉的造型训练,一是要多观察勤写生,二是要多临摹多思考。天地生万物、万物各有性灵,所以知其性方能绘其深。中国的先贤们深入地认识了梅、兰、竹、菊的本性,又智慧地将这四种花卉选作了花卉画的基础训练对象。

在这四种花卉中,画兰花与竹子为最难。历史上文与可画竹偏写实,技法一流,却匠心不够。石涛画竹清气满纸,能得竹之真意。郑板桥专画兰竹,熟练有余,惜入机械、套路。蒲华画竹得其形神,足可一观。吴昌硕画竹亦自入套路。画兰却尤为神妙。齐白石基本不画兰竹。潘天寿指画兰竹得其性情,独步天下。唐云画兰竹自开家法,形神兼备。因此可见凡作画贵在物我两忘,兰竹即是我,我即是兰竹。细算起来能够达到这一标准的画家,几百年来寥若晨星,屈指可数。

当我们在明白了为什么学画必须要学习书法,学花卉为什么要以梅兰竹菊入手的诸多道理以后,才会在思想上真正来认识到基本功训练时方法的重要性。方法对了事半功倍、方法错了事倍功半。我们千万不要小看了一竖一横、一撇一捺以及一杆竹、一丛兰、一树梅、一朵菊,其实这些已经足够让我们用心用力钻研上一辈子的了。

2013 年 2 月

中国画的写意与笔墨

唐代王维论画讲"意在笔先"。张彦远也曾在论吴道子的画时讲:"意在笔先,画尽意在,虽笔不周而意周也。"又:"骨气形似皆本于立意而归乎用笔。"其实不单单作画是这样,作文、作诗也都是这样。诗文、绘画的形式只是作者内心"意"的迹化。如果没有心中的先立之"意",自然也就不会有所谓成功的作品出现了。鲁迅先生有"愿乞画家新意匠,只研朱墨作春山"的妙句。朱是红色,而从一般描绘春山来讲,应该是用绿色才合乎情理与常规的吧?所以"新意匠"三个字就成为需要我们做深入思考并解决问题的关键所在。

其实在中国国创作中从来都是以重视表达"意"的深度为成败标准的,所谓"意足不求颜色似"讲的就是这个道理。水墨与宣纸的黑白，在中国艺术家眼里就是提纯的绚烂七色。中国的先哲们把纷繁复杂的自然与生命现象，智慧地归纳为简单到再也无法简单的一黑一白，一虚一实，这是对生命和自然最最本质的科学总结。正由于掌握了对事物本质认识上的哲理深度，所以用纯黑白表现一切题材并不显得单调和唐突。因为中国画创作追求的是自然和生命的本质，当作品具有了生命力，颜色以及一切要素也就包含在其中了。齐白石先生的名作《蛙声十里出山泉》，画面上出现的是一泓山泉数只蝌蚪，而通过这些我们却分明听到了山间的群蛙一片鼓噪声。白石老人的这幅作品无疑是中国画写"意"的杰作！

笔、墨作为工具和材料均只存在运用上的技术问题，所有技法、材料的运用都是必须要以"得心应手"为原则的。只有首先得之于心，才会有应之于手的意匠迹化。所以中国画也就有了"心画"的说法。

清代画家王原祁讲："如命意不高，眼光不到，虽渲染周致，终成隔膜。"这已经讲得十分明白了，一幅作品如果缺少高妙的立意，纵使再你怎么技术精湛，结果也只能是隔靴搔痒，未入门径的无用功而已。

中国画中的"写意画"特别重要表达的就是这一个"意"

字。画内画外，笔已完，意无尽。因此写意画画的是文化，画的是人品，画的是生命与自然的本质。

2013 年 2 月

聊谈"气息"

天地生万物，万物峥嵘，生生不息、万年衍传，而这一切全在"气息"二字。若无气息则一切不复存在。特别的是中国书画艺术第一讲究的就是气息，气息不正则笔力有亏、笔力有亏则墨色无光，很严重的。想想也是，人生就凭一口气么。对气的描写有堂堂正气、浩然正气、气壮山河、一鼓作气、气吞八荒。仅运用在绘画上的就有：庙堂气、士夫气、书卷气、文人气、山林气、野逸气等等。有气方才有息，有息则生命方能运动繁衍不止。

所以历来品评中国画时均以气息优劣为第一标准。南齐谢赫的《六法》就把"气韵生动"列在了六法中的第一法。吴昌硕先生有句诗很有代表性："苦铁画气不画形。"这说明对气息的重视甚至可以忽略到对形的把握。而气息不可见、不可摸，所以气息只会最终反映在作品的结果上。

气息的优劣其实就是人品、学识、领悟以及表达能力的优劣。钱松嵒先生曾讲："作品的雅与俗并不在于用七彩颜色或是用黑白水墨，而是人品的问题。人品雅则全用色彩画也仍雅；人品俗虽全用黑白水墨，作品仍不会脱俗。"这是十分精辟的关于雅、俗气息的妙论！所谓"画如其人"的说法信其不谬，是非常有道理的。

那么一个画家作品"气息"的高低、优劣，如何来把握在一定的高度之上呢？讲到底还是个人本身综合修为的问题。随着修为的积累，对事物本质的领悟和判断也会随之加深，经年累月这种修为和积累又会在不知不觉中使个人的气质得到提升，尔后这种有别于人的气质，犹如"春风潜入夜，润物细无声"般会悄然集中反映在自己的作品之上。如果缺少这样的认识和追求，那么"气息"只会是一种奢谈！

纵观历史上绘画大师们的作品，无不以一股独特的真气动人心魄而彪炳千秋：如程邃的苍茫之气、渐江的清朗之气、青藤的郁勃之气、八大山人的冷寂之气、石涛的清逸之气、吴昌硕的雄浑之气、齐白石的平和之气、黄宾虹的氤氲之气、傅抱石的浑莽之气、潘天寿的不羁之气等等。由此我们可以在学习前贤们作品的同时，由浅入深、由表及里地来领略并找到发挥自我绘画"气息"的切入点,并逐步在"气息"的修炼、认识和积累上得到最大可能的提高。

2013 年 2 月

吴冠南　双勾设色玉兰牡丹　200cm×60cm　水墨纸本　2014年

绘画的两种教学法比较

干各行各业都一样,入门总是要有人带和教的。学画画就更加少不了要"名师"指点的了,毕竟画画儿比吹"洋泡泡"要复杂了许多。

中国在鸦片战争之前大致是没有专门美术学院,也没有人跑到大洋那边去学画画儿。所以学画画全部是师傅带徒弟式的"贴身教学"。贴身教学有其特定的好处,一、学生数量少,可以时时跟随在师傅身边,随时聆听和观看师傅的言与行。二、师傅也同样可以随时与学生互动,听其言、观其行并随时可以指出和纠正学生言行中出现的理解上的偏差及技法上的谬误。三、因为学生人数少,师傅就可以因材施教。而不必用同一种方法去教不同潜质的学生。这样就相对避免了学习结果的雷同。

鸦片战争以后，国门逐步打开，西学东渐。因此西方科学的、客观的美术教学方法在中国就有了大行其道的机会。中西方文化背景不同，审美观念也大相径庭。中国画历来讲究以心写画，强调发挥作者的内心感受。西方绘画则要求严格的忠于被描绘对象，就连光线也要固定在每天的同一时间。这种中西方在观念和方法上的冲突也就不言而喻了。

新中国成立以后，中国的美术学院的基础教学完全秉承了西法，这样和中国传统美术教学的矛盾也就只能长期存在和完全取代了。我无意评判两种教学方法的对错、优劣，但有一点我想大家是可以认同的，即：在面对同一描绘对象时，每个人对描绘对象外表与内质的认识和理解都是存在着差别的。那么用统一的标准来告诉并要求学生做到结果上的整齐划一，这肯定是一种偏差或谬误。

中国绘画的传统教学大体上分三个阶段：一、自行理会；二、相互切磋；三、质疑问难。其一，是要求各个个体自己加强练习并加深对艺术的理解力。这样做可以最大可能地挖掘学生的内在潜质，充分发掘学生的主观能动性，培养对艺术理解和创作的自主意识，从而避免师云亦云。其二，可提供老师与学生、学生与学生之间的互动机会，相互砥砺，相互提高。其三老师可随时随地为学生释疑解惑，让学生少走弯路。

传统美术教学中，有真才实学的老师多数往往会是示以规矩，而不是授之以"巧。"认为授"巧"仅仅只是教以"能"，而示人以规矩才算是从大处、深处、高处启示了学生对艺术本质上的领悟和自身潜质的发挥。

如今提倡国学，疏理文脉并非要排斥西法，而是提醒大家守住民族文化艺术的特点和优点，不至于在"地球村"中走失了自己。

2013 年 2 月

关于大写意花鸟画的
教学理念、方法和进程

当代中国画人物、山水、花鸟各科的基础教学,从理念到方法基本上都是各学院衍习了西方客观、科学的训练方法。当然我无意于分辩学院现今教学方法与传统绘画教学方法之间的利弊。我作为纯粹从传统绘画方式、习惯中走过五十余年的画家,对于整个传统学习过程中的理念和方法,自然而然也就形成了我个人的认知、体会、经验和方法,并具备了比较完整的审美和创作理念。新年伊始,承蒙美术报领导与同仁的抬爱,本着为中国大写意花鸟画正本清源的良好初衷,专门为我成立"吴冠南艺术研究中心",并邀我开班授课,传播国学绘画正脉。在这个极具意义的规范活动中,我义无反顾将以个人对传统绘画学习和创作实践的经验,全力与大家一道来研究、探讨传统大写意花鸟画的正途,以本人有限但不苟同的见解和经验，与大家共同来努力寻找到大写意花鸟画创作比较准确合理，规范深入之道。在提倡民族文化艺术回归传统的当下，重新提高大家对传统大写意花鸟画从规律，形式到内质的认知度，希望让这一民族优秀画种，以其自身独具的民族性、绘画性、经典性，在以"多元并存"为借口的乱象下，得到良好的继承、发展和当仁不让的尊重！

传统大写意花鸟画成熟在明、清。这一画种的代表人物是徐青藤与八大山人。一个恣肆纵横，一个冷峻孤高。两种命运，两种个性，两种态度，两种才情造就了两个彪炳千秋的画神！可见大写意三个字的真正含义，并不仅仅在于绘画本身表面上的粗放旷达，而是在于作者对自然规律和生命历程的理解深度。历史上这样的大师还有不少，如吴昌硕从士大夫情怀走向大众；齐白石倾力于表达平民的所思所想等等等等。由此可以看出，寻找到正确的理念切入点，再佐以合理的方法，唯如此才会有可能使自己的作品逐步走向成功。

我们国家在美术学院出现之前，历代所有的绘画学习方式，都是师傅带徒弟的近身教学方式。学生甚至可以住在师傅家中，进行从品德、文化，技法上的全方位、系统性、相对长期潜移默化地仿效和学习。（当然这种方法对于大批量培养学生，显然就太过局限了）其中利弊另当别论。

中国传统绘画的授徒方式大约可分三个阶段：一、自行理会。这其中我想是包含了读书、读画、读帖、临摹、写生、思考及观察老师作画。二、互相切磋。这个阶段是老师和学生，学生和学生之间就诸多有关绘画的问题展开讨论与比较，在保持各自观点的同时，得出大家可以认同的方向和目标。三、质疑问难。现在看来其实这个过程应该是自始至终贯穿在整个学习过程中的。

我即将开展的授课活动，全年分四个季度课程，拟作如下四个阶段性安排：

一、首季，因为是纯传统学习，首先我要强调学生对于书法训练的重要性。从书法训练结合绘画过程中，必须使学生明白"书画同源"的基本道理。因为这正是传统中国画的命脉所在，学生不可不知。

二、二季度，临摹。借临摹使学生尽可能深入理解古人作画的理念与方法。而在临摹过程中，我会根据各学生对绘画的理解度以及气质趋向，作一对一式的专门教学，从而力避"苗圃式"以一种方法教所有学生的弊端。并指导学生临摹不是徒求其形，而是要在揣摩作者在创作这幅作品时持有的心态、情绪中，进而联系画面来进行临习。所谓"师其心而不师其迹"才是临摹的关键所在，也是真正可以在临摹中学到东西的重要一环。

三、三季度在温习前二个课程的基础上，着重于对自然的写生和观察。中国古代写生强调目测心记。也就是说并不在于你把描绘对象画得一丝不苟，分毫不差，而是重在对描绘对象精神特质的捕捉与表达，而"形"则是为对象精神特质和作者思想服务的一个表象。中国式写生在写生时就要讲究取舍与构图，当一幅写生完成时，这幅写生其实已经就是一幅完整的作品了。传统中国画没有草图，只有废图，所谓"废画三千"讲的就是这个道理。只要落纸就是作品。黄宾虹的许多山水写生稿便是实证。因此有了完整的创作理念和精湛技艺的储备，才会在落手无悔的写生过程中创造奇迹！所以中国花鸟画的传统称谓历来是被叫作"写生花鸟"的。

四、最后一个季度是一年学习的总结阶段。因此我打算安排以创作实践为主，检验一年下来学生绘画实际能力的提高程度。

创作是成就一个合格画家的关键。实际创作并不仅仅体现在驾驭技巧的能力上，因为技巧只是方法，不是目的。绘画的目的更多的是体现在作者对自然与生命本质理解的深度上。这个深度也正是绘画的本质。所以古人有"画如其人"的讲求。一切绘画形式只是表达自然与生命本质的载体，是作者内心诉求的迹化。

综上所述，我将打算把对绘画本质的认识和理解，贯穿在全年整个过程中来进行。我想，干任何工作，抓住本质才会有利于解决问题，取得成功，这是亘古不变的真理！

在全年四个教学阶段中，所有涉及大写意花鸟画上无论从技法到本质以及人品修为等方面，我会努力写有一些经验性文章，做出比较详细的解读与传授，（这些文章也都会在适当时间段，刊登在《美术报》上）并适当穿插名画赏析活动，提高学生品评作品优劣的鉴别能力。

以上是我为授课所做的大体设想。具体方式方法会在整个教学活动中灵活调整，逐步细化，以期取得最好的教学结果。一年时间总的课时虽然不多，但授学生以中国大写意花鸟画传统学习的正确态度与方法，我想学生只要能够通过不懈的努力探求和长期积累，终究总是会在大写意花鸟画创作上有所收获的。

2013 年 3 月

吴冠南 官扇花卉 绢本水墨 2016年

吴冠南　官扇花卉　绢本水墨　2016年

卖画·买画

中国画作为商品进入市场，这是晚清以后的事了。其历史也就一百多年。在此以前，古代文人把字画作为雅玩，一般都是以传送留世的。中国古代读书人视文化为生命，故尊孔子为圣人。生命岂可卖钱？圣人岂可卖钱？这使我不禁想起了我幼年时的一个晚清秀才老邻居来。该秀才因各种原因，晚景凄凉，每到过年临近，家家都忙着过大年，而他老人家却仍然捉襟见肘．家中烟火冷清。邻人劝他"你一手好字，何不写点春联卖了，也好挣几个铜钱把年过了！"岂料他老人家却大怒曰："祖宗"岂可卖？生命岂可卖？"言罢拂袖而去。此虽为本文多余之话，但旧文人虽迂腐，却倒也清高、虔诚。

画儿一旦进市场，就成了商品。只要是商品就要遵从经济、市场规律与商业道德。如今看看当下的中国画市场，以上三项却无迹可寻！真叫人无法恭维如此市场：

卖家漫天要价、信口开河，蒙一把是一把。上半年一尺五千，下半年一尺过万。哪里还顾及自身水平与古今名家作品水平的高低之分？一个劲往高里叫、把人家银子装进自己口袋里算数。毫无古今、纵横参比值可言。就怕自己把画价叫低了等于承认自己艺术水平低。哪怕买家把买进你的画反抛到市场，往往只能卖个半价或更低，也全不在乎。

买家的误区是盲目追高或贪便宜。看哪个画价高、官衔儿大就批量吃进，以待日后发大财，而事实正相反，往往就会希望落空。因为价高、官大并不等于画就好。而贪便宜者则不问名头、（名头大更好）不问艺术水准如何，只要便宜就"吞"。更有甚者专门到"潘家园"或类潘家园去买假画哄官儿或骗人钱财。应该知道这些无名头、假画儿只是废纸，而废纸只能称斤两卖进废品站，哪能一尺尺、一张张掏真金白银去买呢？可怜！可恨！

其次，媒体的胡乱吹捧，拍卖行的暗箱操作、虚抬画价，贩子们的无限加码，也是中国画市场杂乱无章的主要原因之一。

平心而论，好画儿是该卖个好价钱。但也该有个价格参照基础。例如年代、名望、水平、价格等等。活着的画家硬是通过吹嘘、哄炒、把画价叫得超过历史上盖棺论定画家的作品价格。退一万步讲，就算你水平等同于历史上的画家，那人家还有个历史值和盖棺论定值呢，你有吗？

呜呼，在人文贬值、道德贬值的今天，我们更加期盼一切能回归到理性的正途上来。

小评"六法"

自从南齐谢赫提出关于中国画创作的"六法"以来,"六法"论便始终处在指导、检验、品评中国画作品无上法则的最高地位。其实"六法"论除气韵生动外,其余"五法"均为形而下的,主观服从客观的初级性理法。当然这"五法"是适合初学的。在谢赫那个年代,对于艺术本质的认识能达到提出"六法"的程度,已属不易,在那个年代不可能再有更加深刻的认识。随着文化历史的发展与进步。当我们用现代科学的、辩证的眼光来重新审视"六法"的基本思想时,便很快可以发现"六法"在作为权威的诸多因素上存在着不足。如果我们仍然套用"六法"的基本要求,被动,落后和局限便与当代主观思维占创作主导地位的现代艺术行为发生矛盾和冲突,显然"六法"如果仍然作为当代中国画艺术检验权威的话,已经缺少足够的内容与要求而显得薄弱与苍白了。

"六法"思维模式的片面性,即只有纵向没有横向,无疑是"六法"走向衰亡的必然结果。只有纵向的意义是现实物象与绘画的"近亲繁殖"。而"近亲繁殖"又意味着什么呢?

"六法"一问世,便首先对画家的行为做出了界定,随之便是审美和评判方法的界定。在这种主观必须服从客观的界定下,画家就只能"传移模写",只能"随类赋彩"和"应物象形"了。一代又一代的画家都自觉不自觉地在"六法"的划定的圈圈里打转转。

事实证明,凡是在中国画领域能独树一帜、卓有成就的大画家,都很少受到"六法"的干扰与限制。试想如果遵循了"应物象形",哪来八大山人和徐青藤的冷峻与狂放?如果遵循了"随类赋彩",哪来吴昌硕的大量使用间色和齐白石的红花墨叶?如果遵循了"经营位置",哪来潘天寿的"造险破险"?如果遵循了"传移模写",哪来写意画的抽象性发展?如此一论,"六法"可以休矣!

书法琐谈

一

书法，晋以前多天工，唐以后多人工。秦汉魏晋时期的书法如浑金璞玉。其出看似无法，实则却蕴含着至法，因为这一时期的书法重视人性的介入。因此我认为，书法晋以前重风骨，唐代重结体，宋代重意态，元明法则是随大流了。所以书法在晋唐以后就再无创造了。最多只是在晋唐这棵树上多长了几片叶子而已。

唐代书法以楷书为最，但在我看来这一时期的书法大都因过分追求间架、结体，反而使得人工刻露，是真正的"求态失态"。正所谓"人工巧而天工错"。唐代楷在技术上的完备（用笔，结体）最终造成了板结雕刻的结果。清末"馆阁体"

的出现就是唐朝楷书发展到最后的坟墓。

二

赵之谦论书云："工书者惟三岁稚子与积学鸿儒。"其实二者合一则更好。取三岁稚子之天真，融博学鸿儒之神秀。如能做到这一点，则一代巨匠无疑。赵之谦知道并指出这二个学书要点，已属了不起，但他却最终也只做到了后一点，并未能合二为一。三岁稚子实际上是讲求人性的本质，积学鸿儒实为后天之修炼，二者比较，前者更难。而合二为一则难上难矣！

三

近日再读康有为所著的《广艺舟双楫》，其著作工于理、弱于法是显而易见的。推崇神学是该著作的中心主题，但通篇他只是笼统地说碑比帖好，却没有说清楚碑为什么优于帖的基本道理。或者说至少他没有从本质上去剖析二者之间形、质上的差别。

我认为：碑出天性、帖从功利。康南海知否？

四

书法、篆刻的用笔、用刀的过程,是一个"力"的应用过程,这个力的应用应含蓄,内剑为上,因为这直接影响到结体的精神面貌。结体如果想达到紧而不松,张而不弛的效果,这就必须讲求"力"的运用。

写帖用腕,写碑用臂,大字无论帖、碑、应腕臂齐力。这是一个基本规律。书法之道气自腕传,势从臂出。(装腔伤势不在此论)腕力凝练、臂力造势,此二力一旦运用得当,便可渐入书法之门。

吴冠南　双勾设色荷花　200cm×60cm　水墨纸本　2014年

杂论十八记

一、关于南北宗论

中国绘画的"南北宗"论，意义不大。首先，南北宗论主要指山水画，与其他画种牵连不大。第二，南也罢北也罢，其绘画精神都是统一在华夏文化总体精神之下的，那么既然在精神性上不会有区别，余下的也就只是笔墨风格上面的区别了，而笔墨风格只是技术性问题。南北因地域、风俗、习惯上面有所不同，这一点与绘画总体精神比起来就显得不太重要了。所以我对所谓的"南北宗"之分以及现代关于北溥（心畬）南张（大千）和北李（苦禅）南潘（天寿）一向不以为然，觉得这种区分毫无意义。

二、关于"京派"与地方风格的区别

准确地说是徐悲鸿倡导并推行了"素描是一切造型艺术的基础"这一宗旨,历史证明这一宗旨存在欠缺。在地方美院中,浙美比较特别,由于黄宾虹、潘天寿、吴茀之、陆俨少等坚守传统绘画方法诸大师的坚持和影响,浙美对传统绘画本质的守望和传承历来要比其他美院重视。所以说除了浙美的特殊性外,全国美院早已被徐悲鸿教学体系一统天下了。据于此也就无所谓京派不京派的了,因为普天之下那儿都是"干笔擦素描效果"了。

三、关于"得意忘形"

中国人的聪明之处就是在于在做任何事情时,知道抓住一切事物的本质。从本质上来看深看透,从而找到表达事物本质的正确方式方法。中国的写意画尤其如此。所谓的"意足不求颜色似"强调的就是抓住了对象的精神实质以后,至于颜色像不像已经不重要了。所以就有了以水墨黑白来描绘一切的绝妙方法。仅此一点就是西方艺术家无法企及的意象高峰!

中国绘画与中国诗文在表达方式方法上完全一致。作品不在于你形式如何，而在于你向读者表达、传递了什么，又给予了人们以什么样的启迪和感动。形是外表，意是内质。意表达深刻了，形就成为一种载体。

四、关于山水与花鸟画的分野

徐悲鸿讲："造诣确为古今世界第一位者，首推花鸟。"这说明徐悲鸿对传统绘画的精神实质还是了如指掌的。他比起林风眠、吴冠中等不了解传统精神便以"创新"的炫世者来，特别让我感到敬佩。

正如徐悲鸿所讲，中国画在人物、山水、花鸟三科中，花鸟画在表达文人意蕴以及方法的书写性上，的确是最为透彻的。古人讲山水取景，花鸟取情。一景一情其中含义就使山水、花鸟不得不分而为之了。景是以可居可游可赏为目标，情是以可敬可亲可诉为目标。由此便不难区别山水与花鸟画的趋向特点。在山水画和花鸟画中，还存在着一个大的区别就是以摄影类比，山水多取中、远镜、花鸟多取特写镜。个中难度不言而喻。

我尝试混淆山水与花鸟的"边界"，意在"情景交融"，丰富绘画语言和打破视觉概念。这一实践尚在探索中。

五、关于文房四宝

从技术上来讲笔墨应该在先。从材料上来讲纸墨应该在先，从工具上来讲不必分先后。以我的习惯和经验来看除纸的质量需要讲究外，其他均可"随遇而安"。没有笔指可代，没有砚瓦可代，没有墨炭可代，唯独好纸不可代。用帛或绢一代，味道就变。当然笔、墨、纸、砚均用上乘，自然是最好不过的了。因为文房用具除笔墨纸砚外，其他如镇纸、笔筒、笔架、臂搁等等发展到后来都精制成了文人的"雅玩"。从质量上来比较，一切工具材料今不如昔，这是一件让人无比苦恼而又无法解决的问题。

"天人合一"与制作、使用有关。如今材料不天人合一，技术不天人合一，作画不天人合一。天人合一其实质就是遵循自然。一切传统方法在"科技革新"中逐渐消失，令人无奈！加上许多画家自己可以通过对材料的后期处理如：按需要改变、调整宣纸的性能，为己所用等等这些技术性问题，因无人当回事如今也已经面临失传了。

六、关于色彩运用

　　自王维提出"水墨为上"的口号以后,董其昌又再加以强调并宣扬和推行"水墨为上"主义。因此颜料历来在传统中国画中就一直是被忽略或轻视的。虽然如此,古代画家对颜色的讲究仍然还是十分严格的。一般都要学会自制颜色,老师在教学生绘画的同时也会教学生制作颜料,按自己的审美角度来选料、研磨、漂洗出自己称心的色相来。但颜料到当下已经与笔墨纸砚一样,古法隐退,今不如昔。颜料其实是个不可忽略的色彩学课题,限于篇幅和当下的客观条件,我就不多讲了。

　　我一直认为扬墨贬色毫无道理。墨、色互补是中国画创作中的一个重要手段,若要较真作画的丰富性来,颜色当然更胜一筹。颜色运用中的"微差"是水墨无法企及的效果。不然谢赫就不会在他主张的"六法"中提到"随类赋彩"这一说了。

　　我生性叛逆,偏要反其道而行之。中国画不是扬墨贬色吗?我就来他个"扬色弃墨",实践证明切实可行。其实中国画的命脉在于虚实相生,并不在于黑白与五彩之别。千年不变"水墨为上"的作画旧习,到当代注定要破一破了。作为尝试,我想我不做也总有人会去做的。

　　至于什么用酱油,食盐,米醋的方法,可以试,但不可以违背传统中国画的写意精神原则和书写性原则。而且还要有优于传统材料的功用。否则如变戏法、耍杂技一般哗众取宠那就步入邪道了。

七、关于"杂五色"

"画绘之事，杂五色"与随类赋彩的意义相近。（这个问题与上题内容相近，我就不多谈了。）请悦石兄谈吧。

八、关于老、庄思想中的黑白说

老、庄对自然，生命认知的哲学思想的根本就是虚、实二字。虚实的具体表现则为天为虚，地为实。生命的具体表现则是气为虚，体为实。所以虚实的最后归结就成了极其概括、简洁，具有道家宇宙，生命观永恒性意义的黑白太极图形。由于中国哲学的本源是老、庄的道家思想，所以中国的文化，艺术即以此思想一以贯之，成就了中国文化艺术精深、博大、含蓄、玄妙的最后结果。浩繁归于单一，复杂归于简洁正是中国水墨画家体悟自然与生命以后的一种绝妙归宿！

九、关于中国画的时空再现

这个问题很深奥,但我想一切都会随着时间而改变,唯独精神是可以永恒的。所以遵循华夏传统正脉的人文精神是唯一的途径。这样时空才会在精神的传承中得到再现。

十、关于中国画中的用水

水是一切生命的本源。中国画的用水恰巧逢上了容易晕化的宣纸,两者一拍即合,互相作用下使得中国画能出现"千年幛犹湿"的绝妙气象。在技法上历代画家各尽所能,视需要而施以水。用水并没有一个设定的方法,但画中氤氲之气象,灵通之形象却万离不开水。我有时会在作品完成但未干透之时大量给清水,我又喜欢用"脏"水,"脏"水之妙,妙在丰富多变。

十一、关于图式

取势与构图同义,但不是图式。图式是画面完成以后形成的总体结构,而这个结构必须具有可以冠以学术名称的结果。

如马远的作品叫"马一角"、潘天寿的作品叫"造险破险"。如果作品不具备总体结构的可命名性,这样的作品则与图式无关。(关于这个问题我曾撰有专文论述)

十二、关于师法前人

我喜欢历史上的大家有赵佶的工秀大度;徐渭的奔放不羁;八大山人的苍凉悲怨。但最合我心意的还是吴昌硕介于入世、出世之间的那种两可心态。存在决定意识,所以此心又非彼心,正如董其昌讲的那么多人学北苑又个个不相似,总之师其心而不师其迹,不可"东施效颦"是学习原则。

文人画以表达"心言"为作画要旨,画中形象只是画家心言的载体。所以历史上画中有话的各个大家都以不同的绘画语言影响了中国画坛。故我认为选语言与自己相同者作为学习榜样,就相对容易进入门径。

十三、关于解构与重构

中国画代代衍传,在结构与造型上均受制于自然,虽各有面目也只是用笔、造型上有所区别,与结构关系不大。结构是画面总体语言的呈现，犹如西方绘画中的图案、平面构成、印象派、表现派等在结构大框架上的完全不同。这个问题又回到了前面第十三题。所以在此我就不多讲了。

十四、关于修为

　　画家要写好字，读好书，学好做人。综合修为尤为重要。不然就不会有"人品即画品"这句话了。读书可医俗，书读多了也就于道理知之深了，道理知之深了也就不会浅薄轻狂了。不浅薄轻狂了就有了涵养，学问和涵养又会潜移默化进入到你的行为中。古人讲行万里路（增长见识）、读万卷书（积累知识）知识与见识互相作用，最后胸中自有风云际会，笔底方有变化万千。

　　至于读什么书？没有一个定则。中国古代哲学，古代文学，诗词，西方现代哲学，美学都可以读。不在于读多，在于读出自己的心得体会来。

十五、关于书画同源

　　先辈画家除了画好以外，个个都是写得一手好字的书法家。传统学习绘画第一步是必须先学书法的。这一有关中国画生命的大事情可惜已被当代画家漠视或丢弃了。

书画同源历代都有论述，这犹如做饭必须先种田收米一样，尤其是中国写意画强调技法的书写性，是笔笔写出来的而不是画出来的。在我这里写字与作画完全是一回事，没有区别。毫不客气地讲：写不好字就不配称作写意画！

我从小习字从临摹柳公权玄秘塔碑入手，并且自己要求自己临不像第一个字决不临第二个字，一个一个啃！几十年对正草隶篆都有选择性不间断的临摹学习，至今已五十余年。好坏不敢自许，但我自始至终认真遵守了传统学习绘画的步骤与规律，没有自以为是、弃宗灭祖！

关于执笔，古人讲："执笔无定法"。我主张指实掌虚、五指齐力是原则。

十六、关于写生

中国传统绘画中的写生与西方绘画中的写生，方法不尽相同。西画强调忠于现实，中国画强调目测心记。

中国画在写生时要讲究取、舍。对这个问题石涛有一句诗很有代表性："对花作画将人意"。中、西方在对待写生这件事情上观念、方法完全不同，其中高低就不须争辩的了。反正我是信奉中国传统写生方法的。

十七、关于美术教学

半个多世纪推行西法的学院教学，已经使我们传统概念中的中国画创作改辕易辙。对此我曾写过文章做过分析，至今我已经懒得再讲。真的，孤掌难鸣，讲与不讲没有区别！我不须骇人听闻，依照目前学院方法教学下去，中国休想再出半个黄宾虹、齐白石！

至于做些私下教学生的工作，我当然会按照传统方法来教，首先反对学生学自己是原则。但师傅领进门，修行还须靠自己。何况这点滴之水在与学院教学的汪洋大海相比较时，有与无差不多。学院教学从观念到行为到标准已形成主流，出其规范者纵使水平高极，大多情况下遇到的也只会是视而不见或不以为然，因为进入时的歧路使他们已经看不太懂传统方法了。

十八、关于传统道路

一，大写意急需解决的办法是"走正道"。二，中西方绘画观念可以借鉴但方法一丝也不可以混淆。三，使自己的作品从传统走向现代，关键是观念的变化和传统方法掌握后的延续性开拓。非此，别无出路。

现在在提倡国学、回归传统的呼声之下，我们应当珍视这样一个好时机，至少我们对自己走过的道路可以问心无愧。也可以尽绵薄之力告诉别人什么叫传统绘画？传统绘画的道路应该怎样走。

2013 年 4 月 1 日

杂谈八则

一

水墨与色彩：水墨作为中国画的主调子，已是老生常谈了。古人以为纯水墨易雅，色彩用多了易俗。其实是偏见。钱松岩有一句话讲得很好："人品俗，再你水墨也俗。人品不俗，再你色彩多用也不俗。这是人品骨子里的事情。"是的，凭什么就要扬水墨、贬色彩呢？毫无道理。

近年来，我着意在色彩上用点功夫，色彩的艳而不俗的确不容易掌握，而且在"见笔"上比水墨还难。色彩与水墨的功用不同，各有短长，所以不必偏废，而恰恰可以在别人所不屑中，找到新的可能。

另外，也不必一谈色彩就想到西画，西画用色是加光影的，有光的配合还好掌握一点。中国画用色时不用光影，相对还难一些。所以用色如同用墨，不要在认识上、行动上有所挂靠。自我发挥就行。

二

实易虚难：我是个不喜欢循规蹈矩的人，所以我绝对不会看到什么就画什么，无论是用笔、用墨、用色、用水以及造型、构图，我都喜欢用主观来改变一下才肯动手。作画实易虚难，就像你新交个朋友实在的外观一目了然，但要了解其心灵深处却非常非常难了。作画也是，虚处难表达，虚在作品中是一种眼睛看不太清楚的，须用心体悟的东西。

至于我的人嘛，与我的画差不多，不造作，爱自由，喜、怒皆在脸上，一副吃亏的相，这也不错，至少我没装，不装就不累么。

三

画须本真：主张清高，避世乃至作品要表现出不食人间烟火的境界，那是封建旧文人的一种无奈情绪，我不管这些。你如是有这种情怀，当然可以这么去画，你如无病呻吟，假作避世，这就让人厌恶了。总之作画要用以本真，千万别装，否则作"东施效颦"多难受？

我坚持传统，主要是技法与态度，而前人的一些不好的气息我是不会被其左右的。当代人画当代画，就像石涛讲的"笔墨当随时代"一样。而且我还嫌石涛保守，"随时代"不行，绘画作为意识形态的东西，应该走在时代前面，起引导审美的作用。青藤、八大、凡·高等中西最高级的大艺术家，正因为在世时被冷落，就是他们的审美意识超时代了。一代人甚至几代人都跟不上这种审美了么。"古来圣贤皆寂寞"，当代热闹并非好事啊。

四

出彩是作品生命力：艺术创作的生命力就在于出新。今人画得跟唐、宋一样，尽管精妙绝伦，其意义就不大了。就算你作品的水平与古代人一样高，那古人作品还比你多一份历史沧桑感呢。艺术与科学的相同点，就在于发现。找到一个课题很难，要做好则更难。

我的"重彩""积彩""大开大合""打破山水与花鸟画的边界"

等几个研究就是在探索花鸟画表现力的多种可能性。但是一个课题的提出和实践往往要经过几代人的努力才会成功。我不会轻易放开这些探索，这也不符合我的个性。至于今后还会不会有新的尝试，现在还为时过早。说得好不如做得好，要看积累和悟性。

五

关于符号：作品就像人一样，个性不同，面目不同，语言不同，习惯不同，没有一个完全与别人相同的人，所以不必探讨。画家作品具有个人面貌特征那是起码的要求。当然一个画家的作品风格形成后，就必然形成了一个个人符号。这作为创造已经足够了。至于个人再突破的问题，这与个人才情，学识的深浅有关，能突破自己最好，不能突破也很好，历代大家哪个不是以个人符号光耀美术史的？要看对整个美术史的贡献。事物总是相对的，一个画家成功了，同时，他的作品符号也就固定下来了，这是好事。

六

气息无法学：吴昌硕作品是我继《芥子园画谱》后的主要

学习范本。齐白石、黄宾虹的作品则是后来摸了摸。无论是吴昌硕、齐白石还是黄宾虹,我主要学习的还是他们的技法。而气息只能感受,学不了的,各人有各人的气息,硬学学不到手。古人作品对我来说就是一条"渡船",借以"过河",过了河就要扔掉了。没有人会帮我走路,路只能靠自己走,走好走坏,好歹是咱自己走过来的。

七

关于抽象:西方抽象艺术最早是受东方艺术影响的。西方艺术是重写实,讲求科学、客观,完全忠于描绘对象。因此抽象思维是缺失的。20世纪以后发现东方艺术的心象思维更具有揭示艺术与人性本质的优点,才逐渐开始走向抽象艺术的发展。但由于文化背景的差异,西方抽象艺术对人性本质的表达更多一些,更具自主性、甚至有时完全变成了一种欲望的宣泄。因此西方抽象艺术所表达的不全是文化内涵。

中国艺术的抽象表达始终掌控在理性的范畴中有计划地来做出表达,中国书法与徐青藤的作品,可谓是中国画抽象艺术的代表,但他作品中的抽象性仍然控制在理性之中。这正应了中国传统文化的习惯——不偏不倚。

中国有些现代抽象艺术作品,不去研究中国本身的艺术抽象意义,反过去学西方手段,有点不跟老师学,反跟学生学的味道。抽象不仅仅是表象,重要的是意识,再说作品效果照搬西方,也不是个事呀!意义就更不用说了。

八

市场与规律:艺术市场一火,画家心都乱了。是市场就会有经济规律。中国的艺术市场我不敢恭维。画家漫天要价,年头叫五千,年尾叫五万,今人卖得比古人还贵。你说正常吗?外加拍卖行、画廊的诸多不规范操作,中国的艺术市场还叫什么艺术市场?无理性、无节制、无规律、信口开河。钱么没人把它当仇人,但切记市场有市场的规律,经济有经济的规律,涨价有涨价的规律。火车都不在轨道上行驶了,会不翻车?奉劝收藏家一句:不是所有的画都值得你掏钱!奉劝画家一句:画价叫得高并不说明你的作品就最好。"文化"是闲出来的。悠着点吧,这样对艺术、对身体都有好处。

吴冠南　双勾设色芙蓉　200cm×60cm　水墨纸本　2014年

蕉荫杂说

徐渭八大

自从写意画出了徐渭和八大山人，写意画就到成熟阶段了。大写意并不是像许多人理解的"大笔"一扫那么简单"大笔"一扫只是一种表象。大写意不能只看到一个大字。写、意两个字的分量更重，含义更大。大者：气派。写者：手法。意者：心法。徐渭以一"狂"字，八大山人以一"冷"字聚焦画面，统率全局。之所以他们两个人能成为大写意画旁人无法企及的高峰，全在于技法精妙、心思缜密。与徐渭、八大相比，一般画家表现出来的效果只是粗心大意而已。

院体绘画

两宋院体绘画的水准,南宋不及北宋。文化艺术的繁荣无法离开太平盛世,经济发达。宋代院体画的高质量繁荣,当然与皇帝赵佶的带头大干分不开。单就他独创的瘦金体书法,如此完美的与院体画线条那种完美的契合,甚至可以说,他用一个国家换来人类文明史中一个单项的艺术创造。值!因为这个创造不仅仅是为中国,也是为全人类!

院体画顾名思义,指的是一种绘画格式。这个格式的总体要求就是"工整严谨,一丝不苟",并且必须要把这个标准做到极致。在这个标准下干得最棒的是黄荃和他的儿子黄居寀。但好虽好,水平好像终究还是赶不上赵佶皇帝。也是,单书画合拍一项,直到永远,后人怕再也没有办法超越赵皇帝了。

质量提升

各行各业都讲质量,画画当然也要讲质量。质量提升讲的是好上加好,或者叫锦上添花。如果画得还不好,就还谈不上质量提升。画画质量的提升,其实就是黄宾虹先生讲的"生、熟、生"三部曲。区区三个字难于上青天啊!如果理解不了就一定干不了，干不了就谈不上什么质量提升。

为什么画

画画到最后重要的不是画什么，而是为什么画。不为名画，不为利画。为心中真切的感动而画。感动什么？生命的感动？自然的感动？文化的感动？无法言表莫名的感动？天知道、我知道。总之需要为感动而画。

翻翻花头

变化通俗也叫"翻花头"。毕加索画画一生中翻了不少"花头"。一个成功的画家一生中免不了要翻几个"花头"。如果一生不会"翻花头"，休想成个好画家。齐白后开始画适合木雕活的画，后来又学绣像画，后来又学八大山人的画，后来到七十岁老人了，又受吴昌硕画风影响自称衰年变法。看看，齐白石翻了几个"花头"？如果齐白石先生不翻几个"花头"，很难想象会有后来的齐白石。"翻花头"其实是才华和能力的体现。

目测心记

目测心记,是中国画家对自然本质认识十分重要的一种方法。目测心记最容易记录第一时间那种瞬间令人心跳的真实感动。这一点对中国画的创作显得尤为重要。"众里寻她千百度,蓦然回首,伊人却在灯火阑珊处。"画画要的就是这种不经意间,蓦然心跳的感动。如果缺少这种第一时间瞬间的、极其敏感的、无法言表的心跳和感动,绘画就注定只能成为看图说话式的浅显游戏。所以"目测心记"是画好画的第一要素。

画分品类

画分品类,以示贵贱?对此我毫不在意,毫无兴趣,并且觉得毫无道理。画既然是以表达自然与生命为目的,自然与生命是没有贵贱之分的。

人为地把成功的绘画作品划分品类,其实质还是与名利挂上了钩。佛说"众生平等"。众生不单是指所有人类,而是泛指所有生命。所以只要够得上划分品类资格的作品,还是不要人为地划分品类高低为好。作品既然达到可以分品类的等级,说明这个作品就已经进入了这个高端区域。既然进入了同一区域，如果又在同一区域分别贵贱，就显得多余了。赤、橙、黄、绿、青、蓝、紫。你说那个颜色贵？那个颜色贱？其实作品进不进得了那个"区域"才是问题的关键。

人应有癖

"人无癖，不可交。"古人讲的。"癖"是一种爱好？或者是一种坚持？坚持又必须先以爱好为前提。没有爱好那来坚持？对于文人、画家来说"癖"的拥有和坚持，是铸造作品最后风格必不可少的决定性因素。

林和靖爱梅成癖；陶渊明爱菊成癖；王羲之爱鹅成癖；李太白爱酒成癖；怀素书蕉成癖；苏东坡爱砚成癖；米南宫爱石成癖；最可爱的是柳咏爱美女成癖；郑板桥爱竹成癖。等等等等。在此种种癖好中，柳咏的癖好最有特点，也最真实。美女哪个不爱？只是不敢像柳咏那样做得真实和彻底罢了。据说柳咏最后连死都是死在美女们怀里的。葬也是美女们集资把他葬掉的。若无这种彻底的真诚的爱好，哪里会有柳咏的这般的超常才情？凡此种种癖好，就是他们各自取得人生最后成功的重要原因之一。他们的各种癖好，自然就成为启迪后人的千古美谈。

不失特点

世上万物,各有特点。绝对不会有一个相同的人;没有一座相同的山;没有一棵相同的树……不同的只是各种不同之中存在着的不同品质差别。于是这种不同的差别便自然形成了质量优劣的特点。

岳飞忠,忠便成了岳飞的特点。

秦桧奸,奸便也成了秦桧的特点。诗讲格律,词讲词牌。李白诗豪放,杜甫诗平和。写意画讲气概中的精微,工笔画讲精微中的气概。诸如此类,举一反三,这些都属于个性,也就是通常所说的特点。万物一旦没有了自己的特点,也就没有了这个缤纷多彩、喧嚣繁杂的世界。

反对套路

无论什么事物一旦成为套路,便停止了它固有的创造力和生命力,变成了机械,变成了僵尸。

一般理解,狙击手枪法真正的棒!三点成一线很机械。但是真正的神枪手,并不机械地依靠三点成一线,而是依靠感觉开枪而命中目标的。本来属于以机械地利用机械干的活,到了神枪手那里就成了以感觉利用机械。连打枪的最高境界竟也是靠感觉,绘画当然也是反对机械、套路,讲求感觉的了。

当下套路化,程式化已经把中国画送上了绝路!不信就看看吧,人物画:古代老头加美女;山水画:山下一条河,河里一条船,船上坐个老头子;花鸟画:一块石头,石头边长着花,花间鸟儿加蝴蝶。想想吧,如今已经是人类到月亮上去的年代了,许多画家们却还沉醉在机械化、程式化、套路化的梦里,可笑不可笑?

画非玄学

许多人包括许多画家,看不懂写意画蕴含的诸多道理,就斥之为"玄学"或"粗制滥造"。我们不难发现在当下,有许多写意画的确是属于粗制滥造的泛泛之作。但是这些泛泛之作进入不了我们论画的范围。

中国画的许多理念表面上看起来的确很玄,很难理解。例如黄宾虹讲的"画须熟中生",看上去是很矛盾的。熟和生挤在一起犹如夹生饭,殊不知这个熟中的生是返老还童,返璞归真式的生。与夹生的生是两个完全不同的概念。因此要想理解中国画中"玄"的真实含义,就必须要先弄懂老,庄思想中的哲学意义。因为优秀中国画作品所蕴含的正是中国文化中的哲学精神。"玄之又玄，众妙之门。"作品中矛盾的对立与统一因素越多，作品便更为妙不可言。如若不懂，学去吧。

美术教育

无论是学院苗圃式美术教育也罢，传统师傅带徒弟式的美术教育也罢，原则是尊重民族传统文化精髓。一切企图游离于这个原则之外的所谓借鉴西方，借鉴科学或以创新为借口的胡闹，统统应该滚蛋！种树需要浇水，如果给树浇油并冠之以创新，这棵树就活不下去了。现在许多画家，美术教学家正在给中国画这棵树浇油，而且浇的是可恶的地沟油。

天才庸才

天才是生而有之一举可得。庸才是生后学之尚不得。这个绝对不是迷信，是与生俱来潜质上面的差别。这个道理在佛教中叫作"慧根"，这种现象在平时各行各业的实践中都有体现。学校里经常会出现优等生反而会自由散漫，甚至连家庭作业也不做，而考试却总是在班级前三名。这种学生就具有与生

吴冠南　双勾设色梅花　200cm×60cm　水墨纸本　2014年

俱来的"慧根"。

当年陈大羽先生对中国美术教学的评价很贴切:"学院美术教学的特点是把天才拉下一点、把庸才拉上一点,中和一下,皆大欢喜毕业完事。"我想也是,苗圃么,所育之苗如果差别太大就不配叫作苗圃了,而作为园丁就太失职了。呜呼!

水到渠成

凡讲成功,水到渠成的成功才是真正的、不含水分的、实实在在的成功。这种成功是不争、不抢、不虚伪、不炒作,艰辛努力的结果。只有这种成功才会最终被载入史册。桃李不言,下自成蹊。我们可以从中领略到许多道理。可悲的是道理都知道,却很少有人会做到,当然许多人也根本不想去做到。你争我夺,好一个大千世界真热闹!笑笑!

展览冲击

不知不觉如今的美术展览大体上不知怎么就演变成了展销会。同时不知什么时候又冒出一句配合展览效果的新名词叫"视觉冲击力"！画画儿么是个温文尔雅的事情，冲什么击呀？在我的记忆里只有放屁才有点冲击力。

文人画画

文人画是什么概念？文人？文化人的区别在什么地方？怎么界定？在古代能断文识字的人算不算文人？如果算文人，那么欧阳修、苏东坡们也仅仅算作文人的话，似乎有点委屈了他们。从古至今有皇帝作画、士大夫作画、民间文化人也作画。哪一块是算文人画呢？我素来对这些区分不以为然。其实不管什么人，只要画得好，画得开心了，这比什么都重要。人为划分品类，区分画派，可以作为精神追求的不同表达的区别。如果用以区分高低贵贱，我看统统不过是名缰利锁作祟罢了。

书法与画

字是画出来的，画是写出来的。这是中国的字与画最为特别、最具有魅力的地方。我曾对朋友讲，如果仅仅把字当字看，那么悟境尚在初级。字间的虚实、黑白、枯湿、浓淡、粗细、大小、徐疾完全就是一张画。相反画也一样，所有的组成因素统统又出于书法。古人讲"书画同源"道理即在于此。

风格形成

把学识、个性溶进作品，不须刻意追求风格而作品风格自然而然就会形成。如此看来，风格的形成并不在画本身，而在人本身。不然怎么会有字如其人，画如其人的说法呢。就像猪头肉熟了的关键并不在猪头本身，而是在火功。

风格这东西很不好捉摸。弄不好就"东施效颦"，弄不好就故弄玄虚，弄不好就假大空。而且风格形成必须自然而然，否则过早刻意去做这个事，往往得不偿失。风格这件事，如果完全不注意自我吧，又叫画奴，完全过早注意并固定了自己吧，又叫结壳。很难很难的。

题画利弊

当年吴冠中先生对我讲："画上最好不要题字。大部分题字都变成了看图说话。反而降低了绘画本来的含蓄性和可读性"。想想也真是，满眼的画泰山日出就题上泰山日出；画大海就题上大海波涛，画松树就题上松柏长春，画牡丹就题上花开富贵。举不胜举。有时即使题了个好题目，也只会是把作品界定在了一个内容之中。题了，千人读一题。干脆不题，一个人见了作品，他心中便会产生针对该作品的一个主题，如此便会百人见了有百题。总之，题也罢不题也罢，是要动点脑子，用点心思的。不题有时反倒会有"不着一字，得尽风流"的收获。

别学西法

西方作画强调科学、客观。我讲画画又不是造原子弹，讲什么科学客观啊？让西方讲科学、客观去吧，以致光线一变化，他们连画也画不成了。这不活受罪吗？中国画讲自我、讲主观、讲唯心。这么高深的要求西方人怎么会懂呢。相反，他们一旦有一天真的弄懂中国画了，那么世界文化就前进一大步了。彼是彼，我是我。为了什么目的，偏偏有人要把中、西绘画生扯到一块去？假如把 A 型血和 B 型血互相输一下，会是什么结果？硬把中西绘画生扯在一起，结果完全一样。如果执迷不悟，那就去试一试"中西合璧"吧。有这么严重吗？还真就这么严重！

审美教学

审美没有办法教学。吴冠中先生讲"中国美盲比文盲多"是对的。美盲犹如音盲、色盲。先天性的生理缺陷怎么教呢？我见过不少普通的平头百姓，他们的审美眼光不知要比有些专业画家们高出多少。所以审美感觉天生有了也就有了，后天硬教的话大多属于浪费精力。最近有"画家"骂黄宾虹先生的画是垃圾桶，这就一点也不奇怪了。彼天生有眼无珠，你与他争吧，无异于对牛弹琴，而且你的嗓子还争不过这些人。

骨气信仰

骨气必以信仰为基础。如果人没有了信仰，也就没有了骨气。没有了骨气也就没有了人应该具备的起码品质。

从古至今能够在威逼利诱面前不失信仰，坚持骨气的人，必是人中之杰。艺术家中唐代的颜真卿便是这样优秀的人物。艺术家的品质直接影响到作品的品质。所以古人论艺均以人品为第一。"骨气形似、归乎用笔。"如果没有骨气就会笔力有亏，笔力有亏墨色便会无光彩。所以骨气是人类处世的立身之本。更是艺术的立身之本。

何为入微

画家怀一来,闲聊。聊到字画品质,怀一讲关键是看能否做到"入微"。这是真正的高论。成语庖丁解牛讲的就是"入微"。外科医生解剖人体也属于"入微"。中国的中医学更讲究"入微",不仅要对人体的筋脉气机观察"入微",更要"入微"到人体与天体,地理,气候等的密切关联。是令人吃惊的"入微"。读一下黄帝内经就会领略到"入微"的真正含义了。

其实中国画讲究的"入微"与中医讲究的"入微"毫无二致。中国画讲究气机格调,讲究虚实互证,讲究枯湿运化。如果还不知道这些"入微"之要即大笔一挥,那么基本上是属于消耗资源的无用功。

乙未夏至

归隐与寂寞

凡是世上的事情,如果只追求表面形式的,都算不上真实彻底。就拿归隐来讲,从古至今都不乏归隐的人。谬误之处在于许多归隐山林的人,以为一入深山就和世俗断绝,从此便不染俗尘。终究他们没弄明白,如果自己的心未归隐,无论你隐在什么地方,都算不上真正彻底的归隐。相反,心一旦归隐了,无论人居住在任何地方,都也就彻底归隐了。古人讲:哀莫大于心死。我讲:隐莫大于心隐。

"心远地自偏。"大隐隐于朝;中隐隐于市;小隐隐于野。看看,还不明白归隐的真谛吗?白居易先生晚年失意,也思量着要归隐,再三甄酌,最终他选择了中隐隐于市。同时他又向往大自然之"野"。于是他便发明了造园。把大自然之景,挪移仿造到自己的家园中来。这样一来他既隐于市,又得到了亲近自然的"野"。可谓一举两得。并且无意中还弄了个中国园林造园的鼻祖当当。

真正的归隐其实是非常寂寞的。内心的寂寞。唐朝那个时候,只要有钱就可以私买歌舞伎。白居易也曾买了两个歌舞伎养在家中,陪伴他过隐居生活。凭着他的才华,他几乎日日新翻《杨柳枝》(当时的一种曲牌),自己填词配曲,令一歌伎唱,令一歌伎舞。他自己则或击节抚琴,或饮酒赋诗。那个会跳舞的舞伎名叫小蛮,很得白居易的喜欢。据说小蛮的身材佳到绝世无双。现在通常形容女人身材好时,仍然会沿用"杨柳小蛮腰"这句话。可见白居易的归隐是心隐,是真正的隐。他并不在乎用表面的寂寞来佐证他的归隐。佛云:心中有佛便是佛。本心便是佛。

于是我大约明白了归隐其实还是自己内心的问题。

乙未端午

吴冠南　菊花　25cm×33cm　水墨纸本　2012年

笑

笑，是人类最常见对事物表达的一种表情。哈哈大笑、莞尔一笑、回眸一笑、轻蔑之笑、冷笑、奸笑、讥笑、嘲笑……笑法各不同，内容自然也千差万别。

唐伯虎点秋香，他是天生"摘花"有方的天才。因为"摘花"从无专门学校和专门书籍好学。想必他是自学成才。他混进华府不几天，无晓得这个唐解元想了个什么损法子，就逗得秋香见了他便怎么也忍不住要掩脸偷笑。不料秋香的一、二、三笑过后，变戏法似的，秋香就把自个儿给笑到了这个风流才子唐解元的怀里去了。气得华府大、小两个傻公子差点把唐伯虎当肉丸子吃了。

本来这两个傻公子见了秋香也是一脸皱皮肉包子似的傻笑，可秋香却笑不起来。原来，抱得美人归还是要想办法先让美人笑起来的。这是唐伯虎的经验。华府傻哥儿俩哪里会有这般"摘花"本事呢？

秋香的三笑，便成就了她与唐伯虎的姻缘，厉害。岂不知人比人气死人！还有比她更厉害的主呢。瞧瞧人家大美人杨玉环只需"回眸一笑百媚生"，就把个唐玄宗笑得神魂颠倒，并"从此君王不早朝"。好个花皇上，和贵妃整日整日地厮混，混得差点连国家也不要了。"一骑红尘妃子笑，无人知是荔枝来。"只是为了杨玉环能吃上新鲜的南国佳果，唐玄宗便不惜累死人，跑死马，命令各驿站日夜兼程向京城急急赶送。那种玩法的前卫精神，就算放到21世纪的今天来看，也还仍然是可以创纪录的。杨玉环的迷君本事后人不佩服绝对不行。这么一比较，唐伯虎与秋香们的玩法，就实在显得寒酸，太过小巫见大巫了。

笑会笑死人，也是常常会发生的事情。20世纪60年代，在"文化大革命"期间的革命样板戏《智取威虎山》中，有个土匪头子叫座山雕，这家伙邪得很特别。手下一群小土匪不怕他发怒骂娘，就只怕他笑。一旦听到他笑了，就个个骨头发酥，双腿发软。尤其是怕他连着笑。因为小土匪们太知道了，只要这个匪首连着笑三声，他就必定是要大开杀戒。这个家伙绝不绝？绝透！他连杀人的意思也要让人反着来领会。想想在他手下当个小土匪也真不容易,也得首先要学会逆向思维,否则连个万人唾骂的土匪也没得混。

《范进中举》的故事大家都知道。现在看起来,这个老先生真是个一辈子也没有活明白的迂腐书生。他从年轻时代起,就梦想着能有朝一日考上光宗耀祖的举人。他拼了命般地考啊,考啊,考了多少年也没考上。临老了终于给他考中了。这一考中,好事就变坏事了。当送"录取通知书"的锣声一响,他真吃不消这天降喜讯,便开怀大笑,并死命吼着"中了、中了"。他不知道,但凡年纪大的人,各项生理指标退化,已经禁不起如此大喜的情绪变化。情绪一起落,弄不好就容易乐极生悲。这一中一乐,让范进老先生顷刻间就乐成了个疯子。

旁边人为他老先生想想也真不值。一把年纪了,何必还把功名看得如此重要呢?一生努力考、考、考,考上了人却疯掉了。不过倒是那个时代的考试制度,的确值得点个赞。选才不受年龄限制,只要本人愿意考,就可以一直考到死为止的。

画家里面也有把"笑"来做事的。"八大山人"四个字的落款实则是"哭之笑之"的意思。不过他从来也没有告诉别人他为什么笑,为什么哭。他是活在大清朝的明朝皇亲,即使有话他也不大好说。他不说后来人就只好妄加猜测,所以说法也有不一。"八大山人"他是给后人留了个"笑"的谜,世世代代就让后人你猜去吧。

齐白石老人也曾经讲过:"人誉之一笑,人骂之亦一笑。"这个老先生笑的功力不得了,堪称绝世无双!不论别人怎么对待他,他一概付之一笑。这是何等的涵养!怕是他老人家的超级涵养,从他的前世就开始练起了。齐白石的笑比圣人、神仙还厉害。弥勒佛的笑是:笑"天下可笑之人"。菩萨殊不知,凡是可笑之人,必有其可怜之处。佛又何必去笑他们呢?由此可见齐白石"笑"的功力的确无人可以与他比肩,如果拎不清,硬要和他比一比,那注定只会是幼儿园级水平。

"相逢一笑泯恩仇。"一笑之间,恩仇两忘。笑的是"和"。"笑谈渴饮匈奴血",笑的是气概。"笑里藏刀",笑的是奸佞。"笑不露齿",笑的是礼貌。皮笑肉不笑,笑的是阴险。"笑一笑十年少",笑的是健康。

关于"笑"的内容与典故实在太多太多,就此打住。

2015 年 5 月

一味霸悍

　　按常理,"一味霸悍"这四个字用在任何事情上都会显得不太合适。顾名思义,"霸":霸道、霸气、霸占。在第一时间就会让人想起"只许州官放火,不许百姓点灯"的历史典故来。"悍":剽悍、强健。当霸、悍二字结合到一处,大约就是没有理由地、天生地如泰山压顶,晴空霹雳而又令众生无奈的一种现象。

　　天下之事,无独有偶。潘天寿先生作画却以他过人的见识与胆略,剑出偏锋,另辟蹊径。他独取"霸悍"二字,作为他一生艺术创造所追求的方向和行为准则。难怪他的老师吴昌硕先生赞叹他的画"天惊地怪见落笔"。一旦落笔、即天也惊、地也怪,这是何等的气势?这是潘天寿先生作画在"气"上的追求。当年吴昌硕先生自己也讲"苦铁画气不画形"。南齐谢赫在"六法"中的第一法也讲"气韵生动"。所以潘天寿先生干脆就把"气"的意义推到了极致。以此细论，潘天寿先生所追求的"霸"，即霸在气上。即所谓霸气。

因此，"造险破险"的潘氏图式，就成了潘天寿体现"霸"字的标准图解。

"霸"既属于气的范畴，那么"悍"肯定是属于"法"的范畴了。潘天寿作品中的"悍"则具体体现在了他作画用笔以方笔强折和以指代笔的生涩、坚硬效果上。众所周知，潘先生一生喜作指画，并且擅长以生宣纸作巨幅指头画。这是一种难度非常高的作画手段。所以他的生纸巨幅指画，幅幅堪称中国绘画史上空前绝后的绝世佳构！以手指代毛笔来运用，其特点是可以达到生、熟之间，毛笔所达不到的奇异效果。当然，作指画的前提是纯熟驾驭了毛笔。因此，强硬剽悍、力能扛鼎的多变线条，就完整地表达了潘先生关于"悍"字的全部意义。

潘天寿先生最早体现霸悍风格作品面世的时候，吴昌硕先生曾为他捏了一把汗，说："一跌须防堕深谷，寿乎寿乎愁尔独"。是的，变革与创造，必定意味着对旧有创作方法和审美习惯的违背和抛弃。吴昌硕先生为他所担心的，正是他那不入时流，独标新格的作品会令世人不解、从而遭到冷落，甚至嘲笑和埋没。历史的规律告诉我们，当一件新生事物诞生，并且带着超前审美意识出现的时候，不解和被冷落是注定要经历的艰难过程。君不见，黄宾虹先生的作品被世人所不解和冷落了半个世纪，便是最好的佐证。

从潘天寿先生的身上我们看到除了智慧以外，那种超常的胆量和创造力。而正是这种超常的创造力，引领并推动了艺术历史的进程。

当我们在捡珍珠般的研究前人丰硕成果的时候，研究的课题就绝不应该局限于他们作品的非凡结果上，而把他们人生和作品的所有成因作为研究的切入点，即从精神到表象，做出全面细致的分析后，我们才有可能真正探得骊珠。才会从他们的身上得到有益的启迪。

2015 年 5 月

吴冠南　梅花　25cm×33cm　水墨纸本　2012 年

绘画论

对立统一是中国画创作中最有哲学意义的一个内容。枯、湿、浓、淡；疏、密、轻、重、缓、急、张、弛；粗、细、开、合等等，都是在两个不和谐的、相对立的极面上寻求统一。因此也可以说中国画的创作过程是一个制造矛盾、解决矛盾的过程。

作画要有空间感，要能将阳光、雨露、空气的气息表达出来。这在绘画中属于尖端领域，属于"悟"的范畴。

作画效果如果笔笔在意料之中出来，这与匠人一般无二。傅抱石之所以高，高就高在笔笔从意外得来。画家在创作过程当中除了必须具备雄厚的基本功外，对于自身创作心态的把握是完成一幅作品的关键。无论哪一位大画家，在其一生的作品中为什么属于精品的作品总是极少数？手上的功夫没有变，这里面就存在着临场心态的把握问题。演员在扮演时角色时首先要求自己的情绪要进入角色。其实作画也是同样的道理。

当作画进入到脑中一片"空白"，纸上一团"漆黑"的状态时，大概就是进入了真正的"大无"境界了。这时的不知其所以为之而为之的状态，才是真正进入了角色的状态。

信手点染的"信手"两个字，其中大有文章。这句话经常挂在人们的嘴边，但是真正能够理解并且能够做到的人却是绝对的少，"信手"是饱学以后一种不加思索的、习惯的自然行为。

优秀的中国画作品尽管在构图形式上各不相同，但在笔墨分布配置上都存在一个无形的但又合乎逻辑的、准确的"度"的把握问题。也就是通常所说的"到位不到位"。

当一件乐器在演奏中突然冒出几个走调的音符来，听的人会觉得刺耳和难受。绘画作品如果出现几处不到位的笔墨同样会令人觉得扎眼和难受。音乐的准确度靠耳朵来判断,绘画的准确度靠眼睛来判断,虽有听觉和视觉上的区别,但道理都是一样的。

对于对象的描写,除了对外形的观察外,更重要的是要有内心的真实感受才行。一般认为的是理解而不是感受,这是不正确的。

如果你没有去过黄山,只是从众多的宣传媒体上知道并了解了黄山,试问,你能画好黄山吗?刘海粟九十高龄十上黄山绝不仅仅是为了去理解黄山,而恰恰是反复用自己的心灵去彻底感受黄山的灵性。理解是从道理上剖析得到的答案,而感受是切身体会后的一种觉悟。同此可见,感受对于中国画创作的重要性。

作画:心要定、思要敏、手要活、眼要快。

将一张画画得黑透了仍然可以继续往上画,这是高手。将一张纸画得湿透了仍然可以继续往上画,这也是高手。

整个作画过程是一个裸露作者自身灵魂的过程。无论怎么掩饰，你的品行也还是会在画面上体现出来。这大概就是"画如其人"吧。

思考时必须十分理智，落笔时要绝对忘我。

作画时心要无"障"，手要无"为"，真正做到天人合一、笔笔意外，才能通灵脱透、尽得风流。

中国画创作要做到笔笔中"的"。这需要靠平时的训练、积累。如果没有过硬的基本功又缺少完整的审美认识体系，想要做到这一点是不可能的。

朱屺瞻先生有句口头禅叫作"瞎塌塌"。当然这是老先生的谦辞。"瞎塌塌"三个字的关键就在这个"瞎"字上。这里的"瞎"当作视而不见解或作随心所欲解。作画到达"瞎塌塌"的境界时真可说是"得道成仙"了。

笔误，得意外之笔；墨误，得墨外之墨；色误，得色外之色。绘画之道的佳绝处，往往会于"误"中得到，这正是石涛所说"物为我化"的至高境界了。

潘天寿说："画山须背日光才厚重。"如果是单指厚重二字是对的。但是作画的风格并非只有厚重一条路子。有时在高强度太阳光下看山反有一种由高强光折射出来的虚幻现象，也非常美。而且这种美是独具魅力的。总之，对于绘画作品中有关风格与美的发现和揭示，绝不是单向的。

我曾见过一副楹联，联语曰："树老鸦为叶，诗狂石作笺"。若将前一句比作书画作品的境界，则是一种至高的境界。而将后一句比作创作时的状态，则是一种至佳的创作状态。

绘画之道大于写、中于画、小于描。邪于撒盐浇油之类。画人不可不辨。

东晋顾恺之云："圣而不可知之谓之神。"意思是说"神"是不可测、不可量的属于内在的，思想气质范畴的、靠感悟的、无形的东西。那么怎样才算有"神"呢？当作者本身的人格完全融入作品中时，就能真正体现出"神"的意义。其中人格融入的深浅程度决定着"神"的完缺程度。

写意画是看似容易做时难。工笔画是做时容易看似难。

对艺术大彻大悟的前提是对人生的大彻大悟。

石涛有"对花作画将人意"的妙句。这也是极好的画理。明明是对着花在作画，却偏偏要将"人意"介入进去。这是着重强调了人格在绘画中起着决定性的作用。同时也是对自然主义绘画的严厉批评。在历代许多的画论中，只讲外因不讲内因的居多。注重人格入画的理论，石涛的这句诗是鲜见的一例。

无论你如何变形、夸张，都无法逃离"形质"二字。形是表象，质是内涵。形依质而活，质依形而存。这是无法更改的、合乎逻辑的一条定律。

好画依真气弥漫而逼人，孬画则靠装腔作势而吓人。

弄懂古人理法再跳出古人理法，然后求得自己的理法。至此方可言画。

作画熟能生巧易，这是常。熟能生拙难，这是变。"弄巧成拙"是作画的化境。

儿童画童心无碍，天真烂漫。笔笔误、又笔笔真。相比之下成人作画就是这一真字难求。

艺术要敢于踏在美与丑、成与败的两极交叉点上来探求真谛。从而使自己的作品在险绝处创造出前无古人的辉煌来。

孔子的"中庸"思想千百年来一直渗透在中华文化的"骨髓"之中。因此"不偏不倚"一直是人们的行为准则。中国画自然也不例外，它受"中庸"思想的影响是显而易见的。其中最有代表性的发言人是齐白石。他以"作画妙在似与不似之间"这句话来要求自己的艺术实践，同时也以这句话来告诫别人。这是由于时代所带来的对于绘画本质认识上的局限的结果。还有一个比较关键的因素是为要生活而卖画。这就势必要画能让买主看得懂的作品，这个客观因素注定白石老人只能在"雅俗共赏"的范围里做功课。

绘画行为大约可分成两大类。一类是理性绘画。另一类是非理性绘画。理性绘画是在特定的主题、形式、方法的规定下进行的一种完全理智的、一丝不苟的手工劳作。在这里不需要也不允许你有其他"非分之想"。因此，理性绘画对于人性的介入通常是排斥的。非理性绘画在各个方面的要求正好与理性绘画相反。它要求作画者在主题、形式、方法各个方面开拓更广阔的想象空间，通常要求人性的彻底介入而对于理性则排斥得越干净越好。我们有时在公园里散步，会看到许多乔木被人们用理智修剪成各种几何体形状，这是人类在用理智修改自然。作为特定环境的特殊需要，这也无可厚非。但是，人们若将著名自然风景保护区九寨沟的所有树木也修剪成各种几何形体，这还能不能叫作九寨沟？这是举一例子。说明理性与非理性行为的区别。举一反三，由此我们可以想到很多东西。

练功时要非常理性，以解其所以然。创作时要非常忘情，从忘其所以然中而摘得真果。

对于绘画中的"繁"和"简"一般都停留在以繁论繁、以简论简这种就事论事的表面认识上。能在繁中寓简、简中寓繁才是运用繁与简的高手。同样是一个繁或简字，如果出现在这句话的前面便可作量词解。反之则可作通过高度提炼和夸张以后的"意"解。例如八大山人，繁在立意上。与其相反，黄宾虹作画则满纸乌云、笔上加笔、墨上加墨直至无可复加的地步。而其在立意上往往简单得只是撷取某一景某一角记录式的描写。他是繁在技法上、简在立意上。可见绘画也最忌就事论事。

有一种绘画是技术为造型服务。如宋画所注重的是造型，（这种风气一直在影响着中国画坛）为了使这种需要得到满足，因此在这一时期所创立出来的山水画各种皴法堪称历史之最。另外一种是造型为技术所用。如徐青藤与朱耷的作品，他们非常注重绘画本身语言的表达，以致将技法要求视为首先要求，所以他们总是以最适合表现自己技术的眼光去撷取题材。这两种现象前者注重重复自然，后者注重体现人格。

前人常说的"喜气画兰，怒气写竹"的意思是泛指在描写形象时的一种情绪或可叫作心态。这是一种情形相投、气息相通的最佳创作状态。

书画艺术历来崇尚和追求一个"奇"字。但"奇"不是"怪"。奇和怪虽然经常结合在一起出现，但这二字是属于两个不同概念的，"奇"是出于常理但又区别于常理的一种鲜见现象。而"怪"却是悖于常理、超出情理之外的一种令人无法理解和接受的怪诞现象。因此在艺术创作中要防止为求奇而落怪。

凡作画，局部要"野"得开，整体要收得住。这叫外紧内松。如反之则成一盘散沙形乱神散，空乏不堪入目了。

构图要在有序中求无序，造型要在有形中求无形，用笔要在有法中求无法。

齐白石说："太似为媚俗，不似为欺世。"实际情况并非如此。这里不妨用白石老人自己的作品来否定他的这一论点。看齐白石画的小昆虫与真的一般无二，可谓太似否？然而并未见有媚俗之感。白石老人有时画牡丹，杆子用浓墨直上，牡丹花像长在梅花杆子上。也并未觉得白石老人在欺世。可见，艺术作品的欺世、媚俗与否绝不是单单的似与不似的问题。画无定法但有定理。定理是"真、善、美"，"精、气、神"六个字。

当你在观察形象时，第一眼得到的是神，第二眼得到的就是形了。然后越往下观察会越糊涂，越被动，往往会被形所惑，反而不如第一眼生动准确。因此我作画都是掠取对象的第一印象和第一感觉。这儿有一个例子：傅抱石先生在完成

吴冠南　紫云　25cm×33cm　水墨纸本　2012年

吴冠南　牡丹水仙　35cm×45cm　水墨纸本　2010 年

《江山如此多娇》这幅巨制后,与一批画家外出写生。归来后大家都拿出了一批非常出色的写生稿子,唯独傅抱石先生仅在几张纸上勾画了几根极为简单的线条。但是,当进入实际创作时,傅抱石先生画出来的作品却比任何一个人的作品更为出神入化。原因是:当大家在用手非常认真地记录着山川树木的形态时,傅抱石先生却在用心灵与山川树木对话,用心灵体察着天工造物的神奇魅力。他之所以画得比别人好,当然是在情理之中的事了。因此对任何事物成败的把握,关键是能否找到合理准确的切入点。

不为所闻、所见而障,悟妙外之妙,索物外之物,作画外之画。至此,神工鬼斧出。

书画技法的最高表现方法是:用笔的到而不到;构图的周而不周;造型的是而不是,总而言之作画不可太周到。

读帖,读画册,读名人真迹,挑毛病比学优点更重要。名人作品的优点人人明白,缺点甚至毛病就不一定个个晓得了。所以一旦能从中找到某点缺陷,自己就真正算学到了点东西。这是一种逆向的不失科学的学习方法。这是我倡导并一生遵循的学习方法。

绘画讲究迁想妙得。用现代话来解释就叫作横向思维。

怀素从观公孙大娘舞剑器的一招一式中悟到了写草书的表现方法。吴昌硕在铁匠铺看到打造好的柳叶刀乱掷在地上的自然结构后,从中悟出了与众不同的竹子画法。黄宾虹则从古宅老墙的苔痕堆积处,悟出了漆黑苍茫、浑厚华滋的山水画技法。类似这种例子就属于迁想妙得。可见迁想妙得,对于成就一个画家的重要性。

关于书画创作中的起、承、转、结,是指落笔以后的走向关系。笔与笔、线与线、点与点、面与面之间各有相生相随的因果关系。这有如人体脉络气血的关系。如不谙此理则犹如按摩点穴而点不到穴位上一样,花了力气却收不到效果。

虚、实二字,虚是灵魂,实是形体。实在艺术创作中属后天修炼的结果。虚属先天、虚在艺术创作中属"悟"的结果。程子曰:"得天地之虚灵。"强调了"虚"在艺术作品中起到的是灵魂作用。

法无常法，形无常形。所以"无中生有"，"有中生无"是艺术实践中的圆通大道。平时常说的观察入微，这"微"不只是指对物象表面现象的认识，而恰恰是对物象本质的深入剖析。

画工笔画也必须讲究用笔，线条的勾勒看上去均匀单调，其实不然。凡是好的工笔画线条与写意画线条用笔同样讲究抑、扬、顿、挫的韵律。勾勒线条若用笔得法则作品无雕琢气，少见人工痕迹。工笔画染色也同样要讲究用笔，虽然表面上看上去是"平涂"，但要经得起透过光亮看，用笔好的井然合理，用笔差的杂乱无章，染色用笔的优劣会直接影响作品的效果。

"庖丁解牛"是指对某件事物深入细致的了解、剖析的程度。但对于艺术创作来说做到了"庖丁解牛"还只是做了一半工作，接下来的一半就是取舍、锤炼和提高。

石壶有一个观点：就是不主张描写物象皆从见闻中得来。也就是说并非一定要去画见到过或听到过的东西。听到过的断然不能画的，除非是杜撰。但是没有看到过的同样也是不能画的。我们在石壶的作品中从来没有见到过他画的见闻之外的东西。正确的是"见到而后见不到"。就是高度概括与提炼的结果。这才是艺术创作所需要的正确方法。

潘天寿作画强调"强其骨"。但仅有"强其骨"还不够，还必须"柔其表"。这样才能刚柔相济，相得益彰。

一件作品在删去点和面以后仍能不失为一件较完整的作品，这样的作品中才是真正有生命力的作品。这也是一种判断和鉴别作者用线造型能力的好方法。

"计白当黑"是中国画特有的一种艺术处理手段。"白"要有内容、有形态，在创作过程中远比"黑"要难处理。这是一种颇近中医常用的以虚证实的诊断方法，很具科学性，这是西方艺术所望尘莫及的艺术处理手段。

古人云："山水取景，花鸟取情"，稍一分析，此言欠妥。情和景是山水、花鸟画所共同需要的内因与外因。不难判断，如果一件作品只存在一种因素这件作品会有生命力吗？前人立论因囿于时代等等因素大多偏执。所以读前人画论切忌盲从。

有技无心则匠。有心无技则妄。

轻描淡写的内容一般属贬义。但若用于绘画却是一种超脱的境界。心怀浊俗、人格卑鄙者虽万求而不可得。

书画之道在未立法则时全凭一个"真"字动人心魄。法则愈完备，真性愈为之所囿。艺术之道最重要的是人格的彻底介入。法则为艺术而创立，但法则又往往阻碍和削弱人格对艺术的彻底介入，这是一个矛盾。

凡作画，手要"粗"。心要"细"。心、手，粗、细相交，腕底自有鬼神出。

书画奇效，贵在意外。意外之效可遇不可求，全凭平时的积累与顿悟。

中国的书画艺术有四种至美值得穷毕生精力去追求。一种是浑金璞玉，不雕不琢之美，如原始彩陶、汉魏造像即是一例；另一种是雍容华贵，平和安详之美，如明代董其昌，清代伊秉绶、吴大澂的作品即是一例；再一种是放浪不羁、野逸洒脱之美，明代徐青藤的作品即是一例；又一种是闲云野鹤、冷峻清寂之美，清代八大山人、现代弘一法师的作品即是一例。

画小品与大幅作品各有其难。小品虽小，要着万笔而不厌其多。大幅虽大，要着数笔而不厌其少。这是在少与多、大与小的反差中创造和谐的两种绝招。

借物抒情，是指借描写对象来抒发自己胸中意蕴、情趣的一种隐喻手段。清代的八大山人最擅此道。他将明朝遗民对清朝政权的极端仇视和愤恨全部倾注在他的作品之中。他在作品中抒发的是一种悲情。明代徐青藤在作品中抒发的是一种傲世狂情。由此可见人性在作品中体现得越充分，其作品越是具有感染力。

中国画创作中的形象提炼，一般都是由画家各自不同的素养积累和审美取向所决定的。如任伯年有时将人眼睛的眸子点在眼球与眼睑的结合部位上。八大山人则常常将鸟眼画成翻白眼状。这些都是形象提炼的经典之笔。

中国京剧人物的性格刻画——开花脸，非常值得中国绘画艺术去参考与借鉴。生、旦、净、末、丑只需花脸一开，善恶忠奸的灵魂一下子全在脸上暴露无遗。这是一种由表及里，直接以艺术手段去揭示人物内心本质的高超手法。

关于"缺"字在中国画艺术实践中的运用从来没有或者很少有人从正面做过研究。其实"缺"字在中国画艺术创作中的广泛使用是非常重要的。单就中国画所取法的"聚三簇五"，"画三不画四"就是"缺"字的直接体现。因为单是奇数，是缺。

"缺"字之所以能给人们带来视觉上的美感，因为"缺"属于"奇"的最基本范畴。汉代的封泥印章和瓦当就是"缺"字魅力的神奇反映。西方著名雕塑维纳斯也属此例。

精于武术的人，即使在醉后处于劣势状态，也不容易乱了阵脚。在《武松传》里至少有三回讲到了武松在醉后打拳，而在醉后以劣势取胜最典型的一回是"武松夜走蜈蚣岭"。他在被对手打倒在地时，"巧"跌出一招"醉八仙"，反置敌手于死地。这是偶然，也是必然的结果。在书画艺术创作中也常有类似的情况出现。当然，与打拳相比，绘画在思维与行为上都要细致复杂得多。如怀素作草书往往醉后,这是以扎实基本功作为前提的。作为一个画家如果存在着基本功上的"先天缺陷",别说是在醉后非常态情况下,即使是在清醒的正常情况下,要想"取胜"也是很困难的。

宋代的翰林图画院有过几道颇为著名的创作命题:一是"踏花归来马蹄香",这是个画"味"的例子。二是"深山藏古寺"这是个画"藏"的例子。三是"野渡无人舟自横",这是个画"无"的例子。现代画家齐白石的名作"蛙声十里出山泉"画的是"声"的例子。"香、藏、无、声"这些都是无形的东西,但历代许多杰出的艺术家却都能在某一特定内容的时空里创造出千古不朽的作品来。这需要有生活、文化、经验等各方面的深厚积累才能做得到。

艺术为什么叫创作而不叫劳作?因为艺术是心与手、脑与力的复合劳动,是丰富的积累与过硬技艺的同步表达。

大巧若拙,大拙若巧。绘画之道应当巧于心,拙于形。

当一件作品越是在接近完成的时候,最后的落笔会显得越来越重要，如果你在创作中没有或者很少有这种体会，那么成功离你还很遥远。

因为最后的几笔承担着除了本身的笔墨精良要求外，还必须承担着调整整体关系，更加完善形象的二大任务。所以说作画挥洒易、收拾难就是这个道理。

苏东坡一句"作画以形似，见与儿童邻"的话成了几百年来判断中国画造型是非的"戒尺"，这句话初听起来很有道理，但一经思索，觉得还是没有道理。作画不能斤斤计较于像与不像这是对的。而因为画得像就划归于儿童为"邻"这就有欠公允了。殊不知，儿童对事物的观察和审美角度百分之百出于天性，形似对儿童来说根本就没有那么回事。所以将形似强加于儿童，犯了关于形似的概念上和认识上的错误。事实恰恰相反，如果在以本真主导创作上能与儿童为邻，这倒是一件了不起的大好事了。

吴冠南 红了樱桃 绿了芭蕉 25cm×33cm 水墨纸本 2012年

书法论

书法,晋以前多天工,唐以后多人工。所以学习书法从晋往上追是正确的。

赵之谦论书云:"工书者惟三岁稚子与积学鸿儒。"其实二者合一则更好。取三岁稚子之天真,融博学鸿儒之神秀,如能做到,必是巨匠。

吴昌硕写石鼓文舍圆润平直,取抑扬顿挫,开篆书一代新风。

近再读康有为《广艺舟双楫》,其著作工于理,弱于法是显而易见的。他在著作中崇尚碑学,只说了碑比帖好,没有说清楚碑为什么比帖好的道理，或者说至少没有从本质上去剖析二者之间形、质上的差别。"碑从天性，帖出功利"，康南海知否？

书法从晋唐以后就再无在艺术上的创造。所有的也只是在汉魏、晋唐这棵树上多长了几片叶子而已。

书法，在秦汉魏晋时重风骨。唐代重结体，宋代重意态，元、明、清则是随大流了。直至清代后期，碑学的兴起使书法又呈现出新的生机来。

魏晋以前的书法如浑金璞玉，其出本无法，却蕴含着至法。唐代楷书大都因过分追求结构，使得人工刻露，是真正的"求态失态"现象。正所谓"人工巧而天工错"。唐朝楷书为了追求表面上的工整严谨（为迎合皇家口味），失却了对艺术本质的保持和揭示。我们如果从纯艺术角度来要求唐代楷书，则是毫无学习价值的。

如果将唐代楷书比作一个立正站着的人的话，那么由此蔓延迁播出来的明清馆阁体则是僵尸一具了。我至今还没有发现从唐代楷书发展而来的更优秀的楷书，就正好说明了唐代楷书生命力的局限。作楷之道，正而不工。唐楷恰恰犯了这个大忌。

怀素作草书如云龙入海。弘一法师作书法似合掌参禅。一动一静，惊天地、泣鬼神。这是两种极有代表性的艺术境界。

书法、篆刻的结体要做到紧而不张、松而不弛。

写帖用腕、写碑用臂。书法之道气自腕传、势从臂出。（装腔作势不在此论）气、势的传递、表达均是内在的、含而不露的。是逼人的而不是吓人的。

黄宾虹作大篆不像是写出来的，倒很像是用柴棒拼搭出来的。这拼搭二字全面反映了黄宾虹对于书法艺术理解与表达上的素养与功力。

林散之先生晚年的草书之所以如此高妙，一是心态好，二是功夫好。若论才情、心态，林老当在历代草书家之首。

纵观历代书法家墨迹，大部分是手札优于作品。究其所以，手札都是在毫无拘束、不经意的状态中完成的。而正式作品在创作过程中往往缺少的就是这一点。而且还要多少受到一些功利的干扰。这就是手札优于作品的真正原因。常言道："有心栽花花不发，无意插柳柳成行。"这一心态与方法的问题，值得借鉴。

疾写正楷，取其灵动，去其呆板。平写行书，取其稳重，去其浮躁。慢写草书，取其凝练，去其浮滑。

吴攘之云："作草真不得入一笔草率意也。"他在这儿将草率作"粗野"解。我们如果将草率作逸笔草草、毫不经意解，这又是另外一种在书法中最能体现人品、学养的绝妙境界了。应当说欠功力的草率往往粗野。而对于功德圆满者来说，草率是一种轻技术、重心态、重人格裸露的必须行为。当然对于功德圆满者来说，草率也存在一个度的把握问题。吴攘之先生过于谨慎了。

书法要平中见奇，绘画要奇中见平。

石壶讲李白所书《上阳台》帖的落款中的太白二字写得像"太二日"或"大大白",有一种错觉效果,这里石壶说的是效果,而没有说明白形成这效果的原因。我们从李白放浪不羁的性格来分析,他如此落款一是故意的。"太二日"明显存在着与朝廷相对立的内容。至于大大白,则是洞察一切,看破红尘对人生的一种彻悟。二是李白为了达到他以上那种想法在落款上表达出来的目的,而巧妙地将书法中意到笔不到用了一次。书法绘画中都讲究意到笔不到的那种错觉效果,关键是用得恰当与否,李白在其落款上的技巧运用,给我们做了个好的提示。清代朱耷的落款"八大山人"似"哭之笑之",与上述有异曲同工之妙。

在当代画家中,甚至包括一部分书法家,真正能把汉字写成书法的寥若晨星。钱松嵒说:"不一定每日作画,但必须每天练字。"事实上中国的画家们历来都是以书法作为绘画最基本练习课目的。没有书法基本功的绘画犹如武术中的花拳绣腿,不堪一击、令人厌恶。

吴冠南　牡丹　32cm×33cm　水墨纸本　2012 年

略谈构图

构图、构图,先构再图。构:全局撑开、通盘考虑。关键在构字上做文章。"构"为定势,"图"为技巧的具体落实,所以构为主,图为辅。懂得了关系,分清了主次构图就容易解决了。

在中国绘画史上,真正在构图上有特殊贡献的是吴昌硕与潘天寿。他们的构图不仅在形式上独具建树,而且在精神上也发扬了巨大的张力。吴昌硕构图的特点是"大纵大横"。任何时候他都在纵与横上寻契机、做文章。体现出一种大起大落、一切都不在话下的豪迈气概。潘天寿构图的特点是"造险破险"。他在一开始往往就将构图推向无路可走的险境,然后从容不迫,一一图而破之,从而取得出乎常人意料的佳构。体现出一种机智敏慧、自信自强的气质。他们各自在视觉上确立了自己的语言和找到了完美的切入点。除他们以外的众多画家与他们相比，只是老在玩"换位置"的游戏而已。

当然画家在作品的表现形式上（也就是构图）比前人有了较大突破。但在构图语言上还没有突破吴昌硕与潘天寿。如题字与绘画没有明确界线的混合构成。有明确界限的题一半画一半的对立构成，以及借鉴西法的平面构成等等，都是前人没有并且认为是犯忌的东西。而恰恰是这些东西使得现代绘画在形式上拥有了与前人抗争的能力。形式有了突破，接下来的关键是语言的确立。语言的确立完全取决于形式的完整、稳定、巩固与否。

吴冠南　春风不老　25cm×33cm　水墨纸本　2012年

关于用笔、用墨、用色

用笔忌拖，用墨忌糊，用色忌涂，用水忌涸，用纸忌厚，用印忌鲜。

陈绎曾《翰林要诀》第五云："初学须用佳纸，令后不怯。须用恶笔，令后不择"。他将初学者关于用纸用笔的选择说得很精辟。

佳纸与恶笔都是难用之物，如果从初学就以佳纸恶笔入手，这无疑对今后的创作是很有益处的。我曾见到过不少小有名气的书法家、画家、他们也许从起步时就没有走陈绎曾指出的那条路，恰恰只会用恶纸、佳笔。恶纸与佳笔从性能上讲较前者要容易掌握，而出效果却难。因此，不论学什么，开端一定要正确，否则只能事倍功半，贻误一生。

用笔一如用人，要扬其长避其短。如林散之先生善用超长锋羊毫笔，而且将其柔长多变的性能发挥到极致。我看其作书时，毛笔一经抓到手就很少再整锋，一口气用到底。中途笔锋偶有别扭之处者是随机运用，效果往往更奇绝。

唐代张彦远所说的"骨气形似皆本于立意而归乎用笔"。点出了用笔在书画创作中的重要作用，无论书法还是绘画，用笔并见笔不仅体现了作者的基本功，同时更体现着作者的风骨与涵养。

宋代郭若虚云："笔有朝揖，连绵相属，气脉不断。"意思是用笔要有揖让、有相争，并在起、承、转、结的过程中要有条不紊，合理衔接，以致气脉不断。要使画面更神奇动人，最基本的，也是最重要的关键是对用笔的把握。

线条的外在表现大致可分刚柔两种。刚者要呈柔相，柔者要呈刚相，这是书画线条的高级表现，如果以刚就刚则张扬外露，粗浅庸俗，如果以柔就柔则萎靡困顿，纤弱失神。而线条的优劣全在用笔方法的得当与否上。

用笔当如走步。要笔笔走出来。不谙用笔者拖、括、划、滑、绕都者居多。此五字是普遍毛病，当力避其害。

好毛笔的性质基本一样，劣毛笔的性质各不相似。凡作画，前者效果易把握，后者效果往往出人意料，但难把握。善用笔者二者均可得心应手，时出奇迹。

关于用笔，有人主张运腕，有人主张运臂，也有人主张运指。真正会用笔应该是视字的转折变化而运用肢体各关节的功能来合理配合。这样才能人字合一，字如其人。

拉二胡用的慢弓比快弓难，用松弓比用紧弓难。因为慢弓拉出来的音质难匀和，松弓在力度上比紧弓难掌握。作书、作画的用笔几乎与运弓的难、易完全一致。（慢弓相当于慢笔，松弓则是毛笔中的长锋羊毫。）艺术有许多相通之处，此是一例。

最能体现线条质量的用笔在笔锋长度的三分之一处，如果过了这个度，所表达出来的线条便会出现呆板、平薄、僵硬、臃肿等毛病来。

无论是用中锋、侧锋还是逆锋，笔杆在进行中始终不能倒地拖行。笔杆一倒，腕力中断，还有什么用笔可言呢。

书画用笔既讲究方法，又讲究效果。方法是"一波三折"，效果是"入木三分"。

以线条代皴擦，积点成面。笔笔如雨注般落到纸上，磊落坦荡。这是精熟用笔方法的大家风范。黄宾虹先生最擅此道。

中国画如果缺少了用笔这关键一项，就在原则上失去了与世界其他画种的差别。没有完备技法的用笔，只能称之为制作，而制作又与工匠同。

用笔要枯而不空，湿而不患。用墨要厚而不板，淡而不薄。用色要艳而不华，少而不弱。

我用笔，笔秃如指。我用墨，墨厚如膏。这是一种反常方法，反常复归平常是艺术的正道。

用笔、用墨、用色至难在"留"。

磨墨宜偏浓、偏焦。宁可在使用时略掺水。这种墨的效果乌黑铮亮，光彩照人。反之则神色全无。

用重墨层层叠加，于一团漆黑中仍然透亮光明。这是用墨圣手。黄宾虹、李可染当之无愧。

前人论用墨惯认为花鸟画宜用油烟、山水画宜用松烟。理由是油烟光亮，松烟黑而无光。这实在是拘泥、保守的恶习。两种墨各有其优点、关键是运用得当。

宋代大词家辛弃疾有"歌唇一点红"的句子，强调了一点红在女子脸部特定位置上所呈现出来的美感。这一点红，红在嘴唇上。如果将女子脸颊两边各涂一团红，呈现出来的是丑恶的媒婆形象。同样是用红色，只是用的部位不同，效果却截然相反，中国画的用色远比抹唇膏要复杂得多，所以仅仅参照谢赫"六法"论中的"随类赋彩"是远远不够的。

作画用色"脏"难、净易。这里所说的"脏"是指差别、复杂，故意的"脏"。与污秽的脏是两个概念。

作大写意画的用色，不宜在碟中调匀和后再使用。即使是两色或数色拼用，也只能稍拌即用。这样出来的效果更微妙，更丰富。目前市上有制现成的中国画颜料，购回挤出便可使用。但在色相上与旧制的相比相差一些。其中有几枝颜色必须稍作处理方可使用。

一、曙红或大红色鲜得刺眼，在使用时可略掺墨或赭石使其稍沉。如掺胭脂与朱磦，就更加显得古艳文雅。

二、花青色已无青可言，完全变成了蓝色了，既火又俗。可在使用时掺适量淡墨让其沉暗下来，效果可以接近旧制花青。

三、赭石色相偏红且火爆，完全失去了赭石的特征。不堪使用。可在使用时以朱磦加墨调和至赭石的特征效果时再用。

目前市场上有一种上海生产锦盒装的"高级中国画颜料"，色相、质地都很好，使用时少了不少麻烦。还有外国进口的水彩画颜料以及丙烯颜料。有几种也可选用，效果很不错。

关于落款、盖章

题款在作品上起"合"的作用，同时又起到调整画面节奏和重心的作用。题字的长、短、多、少，视画面总体需要而定。前人惯用画多了少题，画少了多题的方法，这显得有些刻板化和程式化。其实往往画多了也多题，画少了反而少题倒更具一种合处更合、开处更开的特别效果。总之画面的需要压倒一切，不可以陈法套之。

关于钤印，前人均认为印面的体积以不超过落款字的体积为最好。（起首与压角章除外）盖章是作品中的一个有机组合部分，切不可当作额外的附加，这一点非常重要。所以盖印章是整个创作过程中落下的最后几"笔"。因此，关于印章的大小，多少，绝对不能有固定程式，必须视需要而定。

打印章应当打在画面起、承、转、结的薄弱处，起到支撑画面总体结构的效果。如果打印章打不到这些关键位置上，反而起到破坏画面的作用，就像一团棉花塞在喉头，令人难受。

　　盖印所用的印泥的颜色大约有朱磦、朱砂、朱红、鲜红、深红、暗红、仿古等几种。对印泥总的要求是以质地厚实、不渗油，不塞印，冬天不冻，颜色沉着，文雅为好。在使用时最好也要视画面的总体效果来选择印泥颜色。如工笔画或重彩泼彩画，可选鲜亮一点的印泥使用。如淡彩或纯水墨的画，可选稍沉着、偏暗的印泥来使用。只要合理配合，印章就会起到增强和完美画面效果的作用。如果不管什么画皆用一种印泥，虽也可以，但效果却不会太理想。

吴冠南　荷花　25cm×33cm　水墨纸本　2012年

书画家研究

吴昌硕作画喜用重胶,又喜用间色。一般都认为吴昌硕都用中锋,其实吴昌硕是惯用中锋或多用中锋,以中锋为主。他有时在作品中偶掺偏锋更显神奇。

吴昌硕作画、刻印最初讲究收拾,往往收拾数遍而不露痕迹,的确十分高明。这些均为吴昌硕的特点,也是他的过人之处。这是构成吴昌硕作品风格的主要原因。

因为各种原因,吴昌硕的作品是属于"入世"的。如果他在晚年能在"出世"上做些文章,他的作品将更会使后人无法超越。

在吴昌硕的所有绘画作品中,石头与藤萝画得最好。我们从他的作品中分析,可以看出他在画这两种东西的时候,心态最轻松,手法最不拘泥。用笔的提、按、顿、挫也最接近书法的用笔方法，这是最适合他表现雄厚的书法功力的两种东西，所以这两种东西他画得也最好。

吴昌硕晚年的书法，尤其是行书，越写越苍老肃穆。与他自己七十岁前的作品比，少了些灵动。但是篆书和隶书却愈老愈好。

吴昌硕的篆刻虽然也曾受到"皖、浙"两派的影响，但主要还是得力于秦汉印。其篆刻作品，以近秦印、汉玉印、急就章一路为最好。这种风格的印章没有或者很少有修饰，平淡自在，动人心弦。另外，他刻的印章边款也是前无古人的。

绘画从古到今，若论用色，几乎没有人可与吴昌硕比肩。他用色往往红掺黄紫，绿杂青黛，神出鬼没，令人称绝。与之比西画色彩也毫不逊色。

吴昌硕行书最早出自欧阳询和黄庭坚。结体紧凑，每遇转折往往强行带过，不做转腕动作。像折铁，硬而有趣。他的隶书出自汉代《郙阁颂》，并参以篆字用笔方法，写得厚重自在，大度豁达，一派大儒风度。因此他写的隶书是他所有书法作品中最好的。吴昌硕写的石鼓文，用笔的起、迄参入楷法，真正是前无古人的壮举，开出写篆书的一代新风。在造型上比原石鼓文写得偏修长些，灵动些。但他在创作这一切的同时，又失去了原石鼓文圆润端庄的风格。

吴昌硕作画喜用重胶，还有在嘴里吮笔的习惯，以增加胶性。他作画复笔用得很多，但复得极机灵，极自然，丝毫也不露"痕迹"。在作品完成后往往还会在看起来不相干的地方擦上几丝枯笔，目的是降低空白的亮度或者是一种过渡与衔接。画花点叶注重体积，不太在意方向，花叶的抑昂向背大都在钩筋时处理出来。

吴昌硕作画多长题。这种接天连地的题字形式是形成他大纵大横构图语言的一个重要部件。与众多画家相比，吴昌硕在钤印的分量、位置安排和处理上既合理，又到位。

赵之谦作画造型提炼不到位，构图合理的也少。墨与色同时出现时往往有欠和谐。题字与画面不协调。这些问题充分说明赵之谦的绘画尚未成熟，与他的书法、篆刻比尚有距离。

齐白石先生的心智、功力都是非常优秀的。可惜的是，他的行为却始终逃不出他自己所设置的"作画妙在似与不似之间"框框。因此，他的作品皆出于他的心智之内。而神奇之作非出心智而不可得矣！

与齐白石同时代的黄宾虹的"行为"，比齐白石要高明。他提出作画的"绝似与绝不似"证明他对艺术本质的认识远远超出了齐白石。因此，黄宾虹先生晚年的作品尽在心智之外追求天地之精灵，以一片纯真打动人。

金冬心的书法、绘画略嫌刻板，但有文气，这一点很可贵。他的隶书要比他的楷书灵动些。题字在画面上的体积和分量往往嫌重，所以严格一点来讲，在字画结合及以书法入画上，金冬心没有完全做到、做好。

李复堂的书法、绘画在扬州八怪中最杰出。但有时也存在造型上的问题，构图也往往欠精当。

郑板桥是扬州八怪中作品最差的一位。他的书法拼凑卖弄。一辈子画竹子、兰花也未能画出特点和风格来。是典型的"弄巧"。

高凤翰的作品堪称笔墨精良，书法也很好，但在气息上还不及李复堂。他是扬州八怪中的"小家碧玉"。

黄慎的作品很成熟，但由于他用笔的过分扭动，又使他的作品质量大打折扣。

扬州八怪的另三位画家李方膺、高翔、汪士慎的作品水平一般。

扬州八怪所有画家的作品的贡献在于：他们开一代风气，扫除了当时画坛守旧、萎靡的颓风。用现代眼光来审视，尽管他们自身的作品还存在某些不足，但在当时以及对他们以后中国画的发展，起到了不可低估的推动作用。

黄宾虹实而且华。陆俨少华而且实。李可染实而不华。

张大千华而不实。傅抱石不实不华，于虚灵中另取天机，独领风骚。

在近百年中，论工笔画之最，当推于非闇先生。他工笔画线条的勾勒，用笔非常讲究，绝非一般可比。工笔画线条要勾要勒，不能描。勾勒包含着节奏、动作。描则是平拖。在这一点上于非闇先生做得最好。另外他的染色也很地道，几乎都是平涂，不作明暗渲染。他画工笔画能不弄巧，非常可贵。

在绘画作品中真正做到不可多添一笔，也不能少落一笔的是潘天寿先生。在他的作品中哪怕是一个苔点、一棵小草都是非常精心安排、穿插的。对于画面上点、线、面的精确计算和实施，古今无人可与潘天寿相比。

现代小写意花鸟画高手当推上海的唐云先生。唐云先生的花鸟画作品在用笔、用墨上极其精妙，无可挑剔。虽小写意而不见其"小"，现代独此一人。唐云先生的书法也很有特点，开一代风气。用印也非常讲究。他晚年的作品由熟返生，会似不会更臻神妙，达到了炉火纯青的地步。一般人认为其晚年作品不及六七十岁的作品好，这是平庸之见。

王个簃是吴昌硕的入室弟子。在众多吴昌硕的弟子中，真正学到吴昌硕作品精华是仅王个簃一人。虽然王个簃终身都未能摆脱他老师的束缚，但他晚年的作品在用笔的老到程度和造型的随意性上已明显超过了他的老师。王个簃晚年能"玩"起来了,吴昌硕却一辈子也未能"玩"起来。仅此一点,对于一个画家来说也算是弥足珍贵了。

黄宾虹主张秃笔尖线,这是一个关于笔和线的形质反映论,非常具有先进性。如果再加上硬笔画柔线,柔笔画硬线就更完整了。李可染作画用墨是一点一点堆积出来的,堆积得了无人工痕迹,这一招非常了得,仅此一招便是对中国画发展的一大贡献。

齐白石老人晚年有几幅牡丹画得最绝。他将本是娇滴滴的东西画得像个经霜阅世的长髯老人。活脱是他自己的写照。这是白石老人一生中最能体现人格力量的作品。他其他的作品则更多体现的是智慧和功力。

黄宾虹晚年有些作品很像没有完成的半成品。再仔细品一品,好像也不缺什么。这是典型的"笔墨未到,神气已足",在精神上已经高度统一了的高级表现手段。

潘天寿在作画时往往先画一巨石占去画面大部分位置,再逐步穿插处理。他称之为"造险破险"。傅抱石作画则于乱皴乱擦中理出山石树木、雨雾云烟来,可谓化腐朽为神奇之举。这两招都是反常复归常的典范。

看任伯年画的燕子和唐云画的麻雀都会与人说话似的。这是作者将描写对象作为载体来表达自己的语言，使作品人格化的结果。

清朝有个画了一辈子芦雁的画家叫边寿民。他是一个典型的一辈子重复自己的人。做一个真正的艺术家必须要做到一辈子不重复自己更不重复别人。

晚清海上画派的"三任"中，任伯年的成就为最高。但是如果单论气息，任伯年则不及任薰悠闲儒雅。

郑板桥说他画竹"得之于壁窗竹影"。也就是他画竹是受启于竹的影子。竹的影子犹如剪影，只有一个平面，这个平面如何启发了郑板桥画竹的"才情"，令人不可思议。看他画的竹子与他的论点很吻合，也就不难理解了。

郑板桥画竹还有一个比前面要高明一点的论点："眼中之竹非胸中之竹"。这也许是他通过实践发觉前一论点的欠妥再作的补充说法。但是胸中之竹虽比眼中之竹高了一个境界，却还并不是通过充分提炼的意中之竹、意外之竹。郑板桥也许是受"胸有成竹"这个典故的启发，才这样重新纠正画竹论点的。"胸有成竹"不失为画竹的一种内在先决条件，但并不是最好的先决条件，中国画的最高表现境界是反对在纸上重复自己在心里预先设计好的形象的。通常所说的"物我两忘"就是最好的注脚。"意外"才是中国画创作的最高境界。

从古到今，写章草者千人一面。现代王遽常先生写章草以北碑入之，方圆兼备，刚柔相济。独创新格，明人眼目。

中国现代画坛苦出一个石壶，闷出一个黄秋园。这两个老先生虽身怀绝技，却终因不谙钻营之道而为当世画坛所埋没。凡事有失必有得，也正是因为被世人所遗忘，才使得他们有了"无欲"的先决条件。得以潜心问道，终于能在各自的艺术天地里获得了大成就。石壶、黄秋园现象是很值得正在沽名钓誉或正想沽名钓誉的艺术骗子们引以为戒的。因为历史只承认事实。

我们必须承认，无论是哪个朝代如果野有遗贤，总是国之耻辱。尤其是在开明盛世更不应该发生这种令人难过，又使人脸红的悲剧。值得庆幸的是在二位老先生身后不久便获得历史的赞扬与肯定，这也算是上苍有眼了。

石涛能说会画，绝顶聪明。但是正因为他的太聪明而使他的作品一生都在"能"字上做文章，而未能登上"来无踪，现无形"的仙境。八大山人只画不说，把想说的话藏在画里。也正因为八大山人对艺术本质的认识要远比石涛深刻，明白"大音稀声""至理无言"的道理，才使他的作品"无踪无形"翩翩入仙。

历代书、画圣手出自佛门的颇多。怀素、弘仁、髡残、朱耷、虚谷、弘一等等。这说明"心态"对于艺术创作的重要性。

"六法"批评二则

自从南齐谢赫提出关于中国画创作的"六法"以来,它一直处在指导、检验、品评中国画创作的权威地位上。但是随着文化历史的发展,当我们用科学的辩证眼光站在现代文化结构的背景下重新来审视"六法"的艺术观点和方法时,便会遗憾地发现它在作为"权威"的诸多因素上存在着不足。无论是在观点上和方法上,它的确已经不再完全具备作为指导、检验和品评当今中国画创作实践"权威"的条件了。

最先显露出来的弊端就是"六法"的思维模式,它只有纵向而没有横向。这是最关键的也是致命的一点。如果说"六法"尚有一点可供艺术实践学习和借鉴作用的话,那么也只适合初学。("气韵生动、骨法用笔经营位置除外")

"六法"一问世,首先便是对画家在行为上做出了界定。

随之便是审美和评判方法的界定。因此在"六法"界定好的圈圈中的历代画家们，都自觉不自觉地、心甘情愿地在一辈接一辈地打转转。由于"六法"违背了人对艺术创作起主导作用的这一原则性规律，而在一定程度上起到了阻碍中国画发展的反作用。尤其是其中"传移模写、应物象形、随类赋彩"三法是典型的自然主义论调。

谈中国画创新

南朝王僧虔提出的"神采为上、形质次之"以及唐代张怀瓘提出的"唯观神采、不见字形"的抽象观点说明了中国的艺术家在对艺术本质的认识上要早于西方一千多年。就是将这样两个论点来作为西方现代抽象艺术的行为纲领也是非常适合的。所以搞中国画创作要注重民族性、不可一味盲从西方艺术。

中国画与西洋画只存在精神上的可比性,在方法上则完全没有可比性。因此,如果盲目套用西洋画的审美标准来判断中国画的先进与落后是十分幼稚和不恰当的。

由于时代的发展,现代人对中国画的审美与接受意识正在改变。自然而然地革新中国画就成为当代中国画家们义不容辞的责任。

中国画创新不论你用什么方法，在作品的内涵和难度上都不能有所降低。

在中国近现代有志于革新中国画的画家不乏其人。其中徐悲鸿是个代表人物。他与其他不懂中国画却在革新中国画的同行们相比，徐悲鸿深谙民族绘画的精华，并且有一手优良的笔墨功夫。遗憾的是徐悲鸿的革新没有从观念上做根本的转变，而只是在局部诸如结构、透视、明暗等小范围上作了些尝试性调整，所以他的革新也是属于不成功的。但他比起其他对中国画一窍不通甚至持有偏见的无知的"革新者"们来，至少他还没有在思想上蔑视民族文化和在技术上玩弄和欺骗群众，无论怎么说，徐悲鸿是一个深爱民族文化，脚踏实地真正想为中国画革新注进新血液的诚实的、优秀的艺术家。我们在进行中国画创新的过程中，是需要有徐悲鸿先生这种责任、胆识和精神的。

中国画变法要心变，心变才是彻变。（这里的心是指意识）手变是表象变，是穷变。如仅变手法则与街头卖艺人变戏法一样，如果用类街头艺人变戏法的手段来变革中国画，是实在无聊、可笑的。

中国画创新是一个历史文化特定的内涵与当代文化意识相衔接与转换的大课题。时下流行的那种精神上病态化，方法上简单化，形式上表面化的许多作品，不是中国画创新，而是无知、浅薄、浮躁和倒退。

中国画创新有两个语言非但不能丢而且要强化。一是中国画所蕴含的哲学语言，另一个是中国画的笔墨语言。

传统中国画中丰富的内涵与高难度的技巧常使许多人望而却步。他们通常最惯用的方法是回避和贬低。并以近似于"漫画"的劣作来标榜所谓的创新。

"大化无常"。我们应当理解和信任每一个始终在艺术创作中不断探求和更新表现形式与表现方法的艺术家。我们对他们作品水准的评判标尺不应该以"稳当"来加以排斥，而是应该看他们作品整体水平的进步与否。

现代流行"水墨张力"表演性很强的中国水墨画作品。这个名称很有时代特点。水墨的"张力"是将传统中国画作品中的精华语言和技法更加精炼地解剖扩大。也就是说必须注重内涵的强化和扩张。而不像泼两盆脏水在水泥地上那么简单。因此，"水墨的张力"表现的前提是对传统水墨画的意识和方法的高度理解和掌握。

中国画只需要画一根线，这根线本身就要求具有律动和造型，因此这根线就是艺术。中国画的艺术性是如此的彻头彻尾，这是西方绘画与中国绘画在表现方法上的根本性区别。当我们在搞现代表现抽象艺术的时候,必须永远记住这一点。

有人预言21世纪的中国画是"观念水墨"的时代。那么传统中国画讲不讲"观念"呢?回答是肯定的。我们不妨用黄宾虹的作品来证实中国传统水墨画历来是重观念又重技术的。黄宾虹云:"吾人画春秋展晨暮,当以意为之。"这个"意"应当是综合素养达到一定高度后所生发的一种意识和观念。我们只要略一观看黄宾虹晚年的山水画作品,就会很快发现他在意识上、观念上的超前性和技术上的高难度与抽象性是显而易见的。黄宾虹先生将他超前的绘画意识与精当的抽象技巧高度结合在一起,从而开创了一个既区别于时代又区别于西方现代抽象艺术的、具有代表性、标致性的中国现代水墨画新天地。

黄宾虹先生在他的一生中没有到过西方,也从未打算从洋艺术里捡点什么东西来用以改良中国画。他在作品中所表现出来的具有强烈的时代特征完全是建筑在他的民族自信心上的。

黄宾虹是伟大的。他的伟大在于将人类最需要的也是最科学的艺术思想与完美的艺术语言都统一在中华民族文化的精神之中。我可以肯定黄宾虹的艺术方向必然是今后中国画创新的方向之一。

吴冠南　蝴蝶花　25cm×33cm　水墨纸本　2012 年

杂论

绘画作为行为艺术,在技术上要有难度,在内涵上要有深度,当前时常看到一些有想法,无技术的现代水墨画。这是一种处在中国画转型期的必然现象。随着转型的成熟,这种现象将会逐渐消失。当然这往往需要几代人的努力。

作品中的个性,也就是风格,是在长期实践和积累中无意形成的。凡是刻意去追求和塑造什么个性与风格的,其结果必定是装腔作势,令人厌恶的。

经常能看到"名家名作展"或"名家名作集"之类的展览和画册。仔细一想这种称谓大大欠妥。名家也许不假,但名家的作品不能全部都称为名作。所谓名作必须是像《韩熙载夜宴图》和《清明上河图》那样的传世之作才配得上称之为"名作"。

这里有个真实的笑话。有某画家，他画树画得出奇的慢。旁人问他为什么画得这么慢？他说："这棵树长了几十年，我要用几十年的时间来画它。"这是犯了对事物与艺术的本质认识上的错误。艺术所要表现的是这棵树当前的形态与神采，而不必也不可能去表现它的生长过程。因此用片刻时间画出来的树是艺术，用几十年时间画一棵几十年生长的树是愚昧。

　　石涛说："笔墨当随时代。"绘画作为意识形态领域的一支，不是当随时代而应该领先于时代。随是被动，而被动就是落后。所以万万随不得。黄宾虹的作品就是领先于时代的典范。

　　几乎所有的画家（真正的和虚假的）都能为自己的创作行为找到最合适的诠释理由。这一现象可以从许多画册，美术杂志以及报纸上看到。但是任何诠释都有一个历史参照系，当我们严肃地将历史最高水准的作品来对当代许多画家的行为（作品）进行对照检验时，就不难发现其中出现的距离，从而得出诠释是否正确或者荒谬的结论。

　　注重水墨本体语言的表达将是今后中国画发展的一个大方向，大课题。

　　如果画与儿童一样的画（事实上做不到，至少在童心天真上做不到）是思维与技术上的低能。如果画与古人一样的画

（事实上也很难做到，因为缺乏前人的功夫与氛围）是认识和理解上的低能。

品德比学问在艺术行为中更显得重要。即使你学富五车，才高八斗，但只要你品性卑劣，你就无法采撷取到艺术的硕果。这是一个定律。

什么叫好作品？超出你自己预料又合乎逻辑的作品可以称之为好作品。

技法的高低取决于理解与实践。气息的高低取决于作者的品德与修养。

艺术的价值体现在历史的长河中，而不是体现在拍卖行的槌声里。

我们不反对搞前卫艺术，但是我们更希望搞本民族的前卫艺术。

无论是书卷气还是脂粉气，总比什么气也没有的僵尸艺术要可取。

美术、美术，实是心术。心术不正者作画欺世盗名的多。这种例子我们身边实在不少。

切莫动不动就称"老子天下第一"。心灵空虚的最高表现就是动不动吹嘘自己是"天下第一"。

科学靠理智探求，艺术靠非理智争取。二者要求正好相反。

历史上有些画家的作品不一定都适合拿来就学。例如石涛、米芾的作品等等。石涛、米芾都是绝顶奇才。他们将自己的作品处理在熟与生、雅与俗的极线上,使学他们作品的人在技法和气息上一不小心就滑过这根线去。如果不具备同样的气质和才华,石涛与米芾的作品是绝对拒绝别人涉足的。事实上我们也举不出一个学石涛或米芾而有很高成就的人来,张大千就是学石涛学俗了的典型。这个现象有点像西瓜长得太熟了也不能吃一样,值得借鉴。

学习前人的作品不能以表面上的喜好入手,而是应该选择学习性相近的作品入手。个性上接近更易于艺术上的接近。如情绪型的人不适合学任伯年,理智型的人不适合学徐青藤。于初学,第一步很要紧。学上手了退也难,纵使硬着头皮学,也只能事倍功半。

刘海粟在《浇花小记》中有句话讲得非常好:"中年人作画老辣,老年人作画见童稚美和青春气息,是很难得的。"但是刘海粟先生没有说清楚其中理由。一般都认为老辣是老年人的事,殊不知老辣除了笔墨的表象以外,更有生性老辣这一先天因素在起作用,要不然有那么多老画家画了一辈子怎么会总也老辣不起来呢?况且老辣只是整个艺术实践过程中的一个阶段性成果。在我看来老年老辣才是属于不正常的。这说明这个画家只在其艺术生命将近结束时才取得本应该在中年阶段就该取得的成果，岂不悲哀？须知艺术成熟不成熟的标志不是老辣而是返璞归真，平淡自然，也就是刘海粟先生所指出的那种"童稚美"。

当今画坛有人扬刚贬柔，有人扬柔贬刚。这是由于识浅的缘故。天地生万物，刚柔相济，概莫能外。不论刚柔，一旦失济，便生异端。这种简单的道理哪里值得费精神去争论呢？

所谓严谨与放纵，不能单从表面上去做判断，而要从气质上做深入的剖析。作画这东西严谨不当，失之大方。放纵无度，落于粗疏。这说明气质在起着主导作用。

绘画的立意应当与作诗一样，起点要高，语言要简，不能太庞杂。想法太多了难表达且不说，别人读起来也吃力，吃力就会生厌。得不偿失。我发现如今有些画家的想法特别多，如果让他们谈谈某件作品的创作意图，他们就会天文地理、哲学政治、文学艺术和你侃上三天三夜不歇嘴，所谈内容足以写本书。尤其是那种做出来的崇高伟大的态势，真让人觉得不是那么回事。一件美术作品，即使是可以彪炳青史的美术作品果真会有那么神圣伟大吗？回答是否定的。世界上的任何事物都有一个限度，当你超出这个限度时，要么你是在故作高深糊弄人，要么你就是在胡编乱造，说谎吹牛。因此任何夸大与贬低绘画功能的论点，都是不科学的。

作品的优劣与画家的见解成正比，而见解与学问、品德成正比。

作品是人格的体现，而人格是不可重复更不可出卖的。

敢不敢将自己的作品与历代大师的作品放在一起挂一挂？这是检测自己作品水平简单而又实际的一个好方法。当你有心自诩是"大师"的时候，不妨以此法试一试，是非立断。当然有眼无珠者不在此论。

优秀的艺术作品应当具备能反映强烈的时代精神和昭示美好未来的能力。（至少在某一点上）能对人们起到一种启迪和引导的作用，而不应该仅仅是件装饰品。

有些当代日本画看起来难度很高。它们的难度难在耗时间上。他们制作一件作品的过程与打磨一颗钻石的过程一样，是一个较为典型的"重工轻理"的手工艺过程。人格与天性在这里已荡然无存。出现这种情况的原因是多方面的，其中商品经济的高度发达也是一个主要原因。

有人将绘画比作拳击，说"能一拳打倒对方就决不打第二拳"。这与上面说的现代日本画的制作过程相比又太过"干脆"了。绘画与拳击是两个完全不同的概念。拳击是看准机会伸拳头的简单的、原始的力的表演形式。绘画则是一门相对要复杂得多的综合文化载体，它的包容性非常大，当然其中也包含力的运用，但这只是一个方面。谁也不会相信只能让人看一眼的作品会是好作品。

巧得了无痕迹是为大巧、真巧。拙得了无痕迹是为大拙、真拙。

从无常到有常再至无常，这是在艺术实践中一条不能变更的规律。

不可思而思之。不可为而为之。作画如果能在不可能处寻找到切入点，就一定能够创造出惊世骇俗的作品来。

描头绣脚，故作姿态时下很流行。例如："将人头画得比笸斗大，眼睛又长在额头上"。又如"将一张纸仅在角上画一件物件"等等。偶一为之，似乎还算过得去，如果千篇一律成了风气就让人怀疑画家的能力了。虽然不能要求人人都会画博大精深的作品，但总也不至于要使那种"小人小马小刀枪"式的作品成为风气吧。这种作品有点像武术中的花拳绣腿，弄两下看看可以，要是真打起来，决无取胜的可能。

唐朝的楷书与宋代的院体画都是属于典型的"官样艺术"。是手工见长，天性萎缩的受制于时代局限、具有功利目的又有自然主义倾向的一种特殊文化产品。

书法、绘画、篆刻是积学以后的一种"智力游戏"。

人可能逃离别人为你设置的圈套（固有的传统模式），却永远逃不脱自己为自己设下的圈套（自己的固有模式）。

做人要坦荡平直。作画要诡谲离奇。

率真、率真，唯先能率而后才能取真。率是一种积习在不经意时候的自然流露。而真必须在这种不经意时才会出现。看徐青藤《杂花图卷》至率至真，以一真字令世人折服。

中国书画艺术最讲究的就是内修真意（学养、品德），外练硬功（各种技法）。积千日而发一朝。洋人不谙此理每有责难，不足为怪。

意境是属于形而上的一种意识、是精神性的学科。往往只可意会，不可言传。如果简单地理解成表面的穿插安排，那就大错特错了。

作画打草图、勾小稿都不是好习惯。中国画创作，也包括书法、篆刻，要注重创作过程中随机性。

"得意忘形"在艺术创作中被视作是一种"忘我撷真"的高级境界。要得意必须先忘形，所以将此语倒过来作"忘形得意"才更贴切。

妙不可言，可言不妙。以此方法来判断作品的水平，较易准确。诠释对于优秀作品来说是多余的。对于学术圈内来说尤其如此。

古人作画重功夫，毫不苟且，绝不摆花架子。巨匠如此，一般画家也如此，就连一些佚名画家也如此。而且无论名头大小，一律写得一手好书法。

今人作画重效果，大多数人能将一张纸弄得看上去有效果，再仔细看笔墨功力全无，题字更是"丑不忍睹"。这有关民族绘画的根基问题，应当十分重视。

学习前人的心态比学习他们的笔墨更重要。这就叫作"追根寻源"。是一种真正能学好前人作品的正确方法。通常说的"师其心而不其迹"就是这个道理。

李可染是"瞪大双眼"画山水。黄宾虹是"闭着双眼"画山水。傅抱石是"开一眼闭一眼"画山水。这三位山水画家在他们的作品中反映了三种不同的效果。妙就妙在其实他们都是睁着双眼画山水。

艺术作品分两种社会功能，一种是通俗实用功能。另一种是文化建设功能。

艺至高，技必朴。学至富，言必讷。

古人皆以平常心作画，没有为什么。现代人与古人比，输就输在这一着上。现在科技发达，传媒渠道多而且快。加上商品经济意识的发展，很少能有人坐怀不乱了。

平淡天真在书画艺术中属于一个高品位。平淡是阅世后灵魂的净化和皈依。天真是本性回归后的折射。当这一切反映到作品中来时，才是真正探得了艺术的真谛。

达摩在修行时曾问其师傅"佛在何处？"其师答曰："佛在你心里。"艺术与之类比，道理完全一样。

所谓"锻笔炼心"为什么笔称锻，心称为炼？因为锻是外在的、直接的打磨过程。炼是内在的、无形的品性修行过程。锻笔不易，炼心更难。

艺术创作向来强调要以生活为基础。即使像《聊斋》这种描写神鬼的故事其情节也是来源于生活的。当然，来源于生活绝不是再现和重复生活。而是要高于生活。因此凡是重复生活或者脱离生活的作品都不配称之为艺术。

与人交，知其性方了其品。与物交，知其情方解其妙。艺术创作对于内涵的探知比外的撷取更重要。

刘海粟有"求态失态"一言警世。态属于内在气质，而气质是不可学的。"东施效颦"讲的就是这个意思。

一张白纸，一根黑线，一个红点三者凑到一起立即就会产生出中国画的味道与特性来，因此，红、黑、白是表达中国画强烈个性的基调。

"问道于盲"富有哲理。常人之道在眼里，盲人之道在心中。同样是道，在认识上却存在本质上的区别。这对于艺术创作颇可有所启迪。

残花败柳最入画，也最难画。残花败柳比含苞欲放或盛开时色彩更丰富，造型更离奇。尤其是霜雪酷打过后的那种不屈不挠又令人怜惜的悲壮气息，比任何娇艳花朵，更能打动人心。画家与写手必须与其具有同样的阅历，才能感知其意蕴，最后达到沟通和表达。